BIRTHDAY

MEREDITH RUSSO

BIRTHDAY

CROSS
BOOKS

Adaptación del diseño original de Usborne: Planeta Arte & Diseño
Fotografía de portada: Gabriel San Roman
Fotografía de la autora: © Anthony Travis

Título original: Birthday

© 2019, Meredith Russo

Publicado por acuerdo con Rights People, Londres.

Producido por Alloy Entertainment, LLC.

Traducido por Sylvia Elena Rodríguez Valenzuela

Derechos reservados

© 2020, Editorial Planeta Mexicana, S.A. de C.V.
Bajo el sello editorial DESTINO INFANTIL & JUVENIL M.R.
Avenida Presidente Masarik núm. 111,
Piso 2, Polanco V Sección, Miguel Hidalgo
C.P. 11560, Ciudad de México
www.planetadelibros.com.mx

Primera edición en formato epub: febrero de 2020
ISBN: 978-607-07-6478-3

Primera edición impresa en México: febrero de 2020
ISBN: 978-607-07-6477-6

Impreso en los talleres de Litográfica Ingramex, S.A. de C.V.
Centeno núm. 162-1, colonia Granjas Esmeralda, Ciudad de México
Impreso y hecho en México – *Printed and made in Mexico*

Para Mariam y para toda persona joven
que ha tenido la fuerza de acercarse.
Para mamá, por haber sobrevivido.
Para Darwin, simplemente porque te amo.

TRECE

MORGAN

Sostengo la respiración, flotando entre rayos de sol y un azul profundo y oscuro. Braceo mientras pataleo hacia arriba y hacia abajo, lento como olas. Aún no soy capaz de regresar a la superficie; hay demasiado esperándome allá arriba. Pero sé que no puedo quedarme flotando para siempre. La vida constantemente te obliga a moverte, de una forma u otra, ya sea para que irrumpas en la luz del sol o nades hacia el fondo.

Pronto, la presión en el pecho es insoportable. Junto los brazos a los costados de mi cuerpo y serpenteo para salir del agua, como lo haría una sirena.

—¡Un minuto y medio! —grita Eric mientras me arroja agua de la emoción. Apenas alcanzo a ver su sonrisa al tiempo que me limpio el agua de los ojos.

—¡Te lo dije! —Ahora puedo verlo con claridad. Es pequeño, unos centímetros más bajo que yo, sus ojos verdes son rápidos e inteligentes, tiene el pelo rubio hasta los hombros y un rostro angular y alargado que baja en picada hacia la punta de su barbilla—. ¿Todavía quieres intentarlo o te rindes?

—¡Nunca! —contesta Eric. Toma tanto aire como puede, se tapa la nariz y desaparece bajo el agua.

Me concentro en contar los segundos; todavía siento el mareo, a pesar de haber recuperado el aliento. Me retumba el corazón. Se lo diré en cuanto vuelva a la superficie. «Diez segundos». Le diré que yo debería ser una niña, que ya no tolero ser un niño, que siento que cada día me muero un poquito más. «Veinte segundos».

Una chica de bikini rojo, unos años mayor que yo, camina por la piscina hacia alguna parte alejada del parque acuático. Me descubro observando su cuerpo: la silueta que dibuja y la manera en que se mueve. Me doy cuenta de que tengo los antebrazos sobre el pecho y los bajo. No hay nada que ocultar.

«Treinta segundos». Los padres de Eric y mi papá saludan desde una mesa cercana y yo los saludo de regreso. Le voy a decir a Eric y, si lo toma bien, le diré a papá. No es que no quiera. Tengo pesadillas en donde las cosas con Eric se vuelven raras o en donde añado más estrés a la vida de papá después de todo lo que ha pasado, pero últimamente siento que voy a explotar. He intentado aguantarme. Cada día me siento más alejado de la realidad, como si fuera un monstruo; cada día tengo más miedo de mirarme al espejo y verme como un hombre alto y peludo sin posibilidad de volver atrás.

He estado pensando en las cosas que me asustan, como ya no querer vivir; necesito ayuda. Quizá esa ayuda sea la de mi mejor amigo, se puede sentar a mi lado, dejarme hablar y decirme que lo que me pasa es normal, que él siente lo mismo, que es parte de crecer y que lo superaremos juntos. Quizá la ayuda venga de papá, me puede conseguir alguien con quién hablar, como un psicólogo o algo así.

No sé, pero sea lo que sea, tiene que suceder pronto. Tengo trece años y empiezo a sentir que los terrores de la pubertad se acercan.

«Cuarenta segundos». Pero ¿cómo cuentas un secreto como este? ¿Qué palabras utilizas?

«Cincuenta segundos». Eric emerge de nuevo, salpicando y moviendo los brazos.

—¿Cómo me fue? —pregunta con dificultad.

—Muy mal —digo. Intenta arrojarme agua, aunque sin sus lentes es prácticamente ciego, y yo me río.

—¿Cuánto tiempo aguanté?

—Menos de un minuto —respondo y le aviento agua también.

—Da igual. —Eric pone los ojos en blanco—. No todos tenemos tus dones naturales.

—Corro todas las mañanas —canturreo. Tenía la esperanza de que el ejercicio dejara de ser parte de mi vida al salir de la liga juvenil de futbol americano, pero cuando tu papá es entrenador y profesor de educación física, resulta que no tienes opción—. Esfuérzate como yo y serás igual de bueno, novato. —Me quedo flotando bocarriba, cierro los ojos mientras el sol me calienta la cara y el estómago. Inhalo profundo. Es más fácil imaginarme diciéndole algo cuando no puedo verlo—. Oye, Eric…

—¿Sí?

—Si te cuento algo, ¿prometes no decirle a nadie?

—Amigo —responde, con tono casi ofendido—, ni siquiera tienes que pedírmelo.

—Okey. —Abro la boca para contarle. Mi corazón se acelera. Volteo y miro a mi mejor amigo, a la persona que conozco desde el día en que nací; me está observando con ojos curiosos y muy abiertos. Ver que se queda así por mucho tiempo me provoca un desagradable nudo en el estómago; trago saliva y de nuevo dirijo la vista al cielo.

Si mi vida fuera una película, los personajes siempre sabrían qué decir y todas las partes aburridas, asquerosas y vergonzosas desaparecerían en un parpadeo. Indiana Jones nunca tendría esta conversación; Godzilla no tenía género, solo se dedicaba a pisar autos y a hacer explotar edificios con fuego nuclear. Qué linda vida.

—¿Entonces? —dice Eric. Vuelve a zambullirse y después sale, parpadeando para secarse los ojos. Luego se quita el cabello de la cara y se lo acomoda. Aprieto el estómago. Me hundo y el agua me cubre hasta la nariz—. ¿Qué me vas a contar?

Hago burbujas y desvío la mirada. Él se acerca y sumerge la cabeza; puedo verlo, tan sonriente y tan guapo (cállate, cállate, cállate, cállate). Cuando me mira, la sonrisa le cambia solo un poco, como si de pronto estuviera confundido y frustrado.

—Creo que debí ser niña —digo bajo el agua; la frase se distorsiona. ¿Habrá entendido?

Pone los ojos en blanco.

—Está bien. No me digas, raro.

No escuchó. Siento que voy a vomitar.

«Raro».

Eric se aleja nadando, sale por el borde de la piscina y se pone de pie para verme desde arriba mientras lentamente hago lo mismo.

Nuestros padres nos llaman y ahora me imagino diciéndolo: «En realidad soy una niña». Suena ridículo. Suena rarísimo.

Corremos hacia donde están nuestros padres; nuestras huellas húmedas se borran enseguida del piso caliente.

Carson, el padre de Eric, lleva una camiseta que dice: BIG KAHUNA y un traje de baño largo y negro. Luce imponente: mide más de un metro ochenta, tiene el mismo cabello rubio que Eric, aunque corto, y sus ojos verdes siempre se ven enojados. Antes me quería, cuando todavía jugaba futbol. Hasta llegué a considerarlo un tío. Pero desde que dejé de jugar, apenas me dirige la palabra, incluso cuando duermo en su casa. En cambio, siempre he pensado que la mamá de Eric, Jenny, parece la clásica estrella de una película en blanco y negro. Hace que me sienta aceptado en su casa y se asegura de darme comida casera cuando los visito.

Mi papá, enorme y con su bronceado dispar de tanto correr en el campo de futbol, me lanza una sonrisa cansada y vuelve a encorvarse en su silla. Nuestros padres se conocen desde que Eric y yo nacimos. Se conocieron en el hospital, todos estaban atrapados en una tormenta de nieve, la única que Tennessee ha tenido en septiembre, al parecer. Durante esos días otoñales Eric y yo llegamos al mundo; nuestros padres, nuestras familias, se hicieron amigos de por vida.

Desde entonces hacemos todo juntos. Pasamos de compartir un cumpleaños a compartirlo todo. Por mucho tiempo nuestras familias se llevaban mejor entre ellos que con nuestros tíos, tías y primos.

Luego mamá murió y poco tiempo después dejé el equipo de futbol.

Al menos seguimos celebrando nuestros cumpleaños juntos.

—¿Están listos para el almuerzo, niños? —pregunta Jenny. Levanta sus lentes redondos y oscuros y sonríe.

Me estremece su uso tan casual de la palabra *niños*, pero intento que nadie se dé cuenta.

13

No siempre fue así; antes solo me provocaba un leve dolor, como cuando te tocas un moretón, una ligera confusión cuando en la escuela nos dividían entre niños y niñas. Pero este último año se ha vuelto insoportable. Quizá debí decir algo antes, recuerdo vagamente querer decir algo antes, pero sí me gustaba el futbol y sabía instintivamente qué clase de personas no podían jugarlo: las niñas y los maricas. No quería dejar algo que me gustaba pero tampoco que se burlaran de mí. En ese entonces ignorar mi confusión era más fácil, pero con el tiempo se ha convertido en algo como salido de una caricatura, cuando un personaje tapa una fuga con el dedo y aparecen dos más. Creo que es cuestión de tiempo para que la presa me explote en la cara.

—Todavía no —le contesta Eric a su madre mientras se exprime el pelo—. Quiero ir al Vortex.

Nuestro pastel blanco y azul descansa en el centro de la mesa. Tiene escrito con betún rojo: ¡FELIZ CUMPLEAÑOS, NIÑOS! Así que, aunque no fuera de esos pasteles de supermercado que saben a basura comparados con los de mamá, nunca me lo comería. Asiento junto a Eric e intento parecer emocionado con lo del Vortex.

—Okey —dice papá, mientras comienza a ponerse de pie—. Voy con ustedes.

—Oye, oye, Tyler. Ya tienen trece años —interviene Carson, quien se recarga en su silla y le da un trago a su Coca-Cola—. Tal vez sea hora de soltar un poco las riendas.

—Creo que tienes razón —afirma papá mientras se rasca la mejilla. Me mira con una expresión como preguntando: «¿Estás bien?».

Papá solía dejarme correr como demente, decía que era bueno que los chicos se rasparan las rodillas. Pero luego mamá se enfermó y después se enfermó aún más; hasta

14

que hace un año se fue. Desde entonces, parece que papá siempre está en el campo de futbol o poniéndome una correa al cuello. Es como si ambos estuviéramos intentando mantenernos a flote, pero sin saber cómo actuar ahora que ella ya no está.

Dejo que el pelo me cubra la cara. Siempre es más fácil mirar al mundo a través de una cortina de pelo. Me doy la vuelta y, con los ojos fijos en Eric, ambos trotamos desde la piscina hacia el camino principal y nos acercamos al sombrío Vortex.

—¿Estás bien? —pregunta Eric cuando nos unimos a la fila y comenzamos a subir las escaleras de herrería.

—Estoy bien.

Tengo que contarle. *Tengo* que contarle.

—¿Es por tu miedo a las alturas?

Miro a nuestro alrededor, ya casi estamos en la parte más alta. Llega una brisa que despeina a Eric. Un grupo de estorninos flota sobre el parque, como un banco de peces.

—No le tengo miedo a las alturas —aclaro y pongo los ojos en blanco—. No le tengo miedo a nada.

Qué mentira.

—Entonces ¿por qué estás tan raro?

—No estoy raro —repongo. Bajo la mirada y aprecio la vista vertiginosa entre el metal de la escalera.

Eric me mira como si no me creyera, pero antes de que pueda decir otra cosa, llegamos a la cima de la plataforma y nos enfrentamos a la boca abierta y oscura del tobogán. Un encargado nos guía a una balsa pequeña, amarilla e inflable, nos dice que nos sujetemos de las agarraderas, que no nos pongamos de pie, que no abandonemos la balsa y que no hagamos ninguna de las tonterías que, al parecer, suelen hacer los adolescentes, lo que me recuerda por

15

millonésima vez que soy *un* adolescente. Es oficial. Quiero vomitar.

—¿Listos? —pregunta el encargado.

Asiento. Eric levanta los brazos y grita.

El encargado se ríe, empuja la balsa con el pie y de repente estamos gritando, envueltos en la oscuridad. La balsa se mece por el tobogán, se sube tanto a las paredes que se siente como si fuéramos a salir volando en cualquier momento. Eric se ríe como loco y se protege la cara con los brazos cuando nos cae agua. Yo también me río. La emoción se acumula cada vez más y eclipsa las demás emociones, hasta que al final logro gritar en la oscuridad:

—¡Eric! ¡Quiero ser niña!

—¡Está bien! —grita él.

¿Está bien? Está bien. Dijo que está bien.

Dejo que mi cuerpo ría, que la risa salga como veneno de una herida y, de repente, me siento ligero. Aparece un círculo de luz, al principio cegador, que se expande a la velocidad del sonido, después nos cubre la luz del sol y caemos por fin en la piscina, dando vueltas aún sobre la balsa.

Salgo primero. Nado un poco en mi lugar, ignorando el agua que corre, a los niños que gritan y la música a todo volumen de las bocinas del parque acuático. «Se lo dije. Se lo dije. Y todo está bien».

Eric sale un momento después, agitado y tomando aire; los ojos se le esconden detrás de una cortina de cabello rizado y mojado. Lo tomo del brazo y lo jalo a la parte baja de la piscina, chapoteando y riéndome a la vez.

—¡Estuvo genial!

—¡Increíble! —exclamo, levantando los brazos.

Está bien. Está bien. Dijo: «Está bien».

—¿Qué me dijiste allá adentro? —me pregunta, sin aliento—. No pude oír.

—Ah —balbuceo y mi estómago se encoge.

No me escuchó. No lo sabe.

Tuve una visión mientras caía por el tobogán o, mejor dicho, un conjunto de visiones que competían entre sí, todas paradisiacas: Eric me decía que yo era normal, me decía que no era normal pero que me entendía y que aun así me seguiría hablando, que guardaría mi secreto y, a la distancia, pero brillante, cálida y dorada, una visión en la que soy una chica y camino feliz junto a él para ir a la escuela, como si fuera lo más normal del mundo. Las visiones desaparecen como olas de calor sobre el pavimento.

Mi estómago continúa encogiéndose, pero no tiene caso intentar detenerlo.

Salgo de la piscina lentamente. Todo me da vueltas. Corro al bote de basura más cercano, recargo las manos en los bordes y vomito.

ERIC

Tengo el pastel de cumpleaños sobre las piernas y rebota con los baches de la carretera. Le falta un pedazo que, en gran parte, quedó en el bote de basura del parque acuático. Morgan dijo que ya se sentía bien e intentó comer un poco, pero volvió a vomitar. Verlo y olerlo en esa situación nos quitó el apetito a todos, así que decidimos que era hora de ir a casa.

Veo pasar la carretera que nos lleva al norte, de Georgia hacia Tennessee. Las mejillas y los hombros me brillan, seguramente son quemaduras de sol, pero por ahora se siente bien. Sentado junto a mí, enojado, está Peyton, mi hermano mayor. Al parecer conoció a unas chicas que estaban a punto de dirigirle la palabra, pero Morgan interrumpió ese milagro con su vómito. Papá mueve la cabeza al ritmo de Johnny Cash en la estación de country clásico, mientras mamá parece hipnotizada por la última novela de Patricia Cornwell. Yo tengo un libro en mi mochila sobre la historia de Radiohead, o podría volver a escuchar el álbum *Tallahassee* de The Mountain Goats. Pero en realidad no tengo ganas de leer ni de escuchar música.

Me cuesta trabajo concentrarme. Sigo pensando en qué le pasaba hoy a Morgan, en cuál sería su gran secreto. Ha estado algo... alejado desde que murió su mamá. Es egoísta y quiero estar ahí para él, pero cada vez está menos presente. Siempre fue callado y muy reflexivo, mejor para escuchar que para hablar, a no ser que algo lo enojara; ahora me considero afortunado si logro que reaccione a lo que le digo con algo más que un gruñido o solo mordiéndose las uñas. ¿Quién hubiera pensado que podías sentirte solo teniendo a alguien justo a tu lado?

Morgan siempre ha sido mi mejor amigo. Su mamá nos enseñó a leer con el mismo libro: *Ve, perro. ¡Ve!* Cuando descubrió que Santa Claus no era real, me lo dijo. Yo me uní al equipo de futbol americano, aunque lo odiaba, solo porque Morgan era el *quarterback*. Incluso pedí ser el tacle izquierdo de la línea ofensiva porque proteger a mi mejor amigo de los golpes me parecía lo más lógico.

Hemos pasado los veranos trepando árboles, deambulando por arroyos secos y acostados en el campo viendo las nubes pasar. Hemos dormido en la misma cama cada viernes o sábado desde el kínder y nos hemos desvelado mientras platicamos de música (a mi etapa con The Mountain Goats le siguió una obsesión de dos meses con *In the Aeroplane Over the Sea* de Neutral Milk Hotel y Morgan logró hacer que me gustaran algunas de las bandas de metal que él escucha, como Atreyu y, cuando está de buen humor, también me introduce a la música de niña *hippie* que escuchaba su mamá, como Kate Bush y Tori Amos, y que él mismo admite que le encanta), de películas (*Casi famosos* en mi caso y en el suyo un empate entre *Mulán* y *Los excéntricos Tenenbaum*) y de todo lo demás. Solíamos compartir todo.

Y luego, al principio del verano, recuerdo que vi a una niña de forma *diferente*. Iba en bici a casa de Morgan y pasé deprisa por un estacionamiento de casas rodantes; vi a una niña que reconocí vagamente como la hermana mayor de alguien que está en nuestra clase: una chica de preparatoria en un traje de baño de una pieza y unos shorts; estaba parada sobre una piscina inflable, limpiándose el lodo de las piernas con una manguera. Las chicas siempre me habían parecido lindas, pero verla a ella fue la llave que abrió todo lo demás.

Traté de contárselo a Morgan pero, por primera vez en nuestras vidas, me interrumpió, dijo que no quería hablar de eso y se dio la vuelta para dormir. No pareció gran cosa o no habría parecido gran cosa si se tratara de alguien más, pero nosotros nunca éramos así. Nunca.

Me gustaría poder hablar con él sobre lo raro que todo se sintió hoy, me gustaría saber cuál es su secreto. No soy tonto. Me imagino qué puede ser. Nunca he conocido a alguien gay (que yo sepa), pero apoyaré a Morgan sin importar lo que me diga. Debe saberlo. Debe de saber que me quedaré a su lado y le guardaré el secreto… ¿no?

—Qué feo silencio allá atrás —dice mamá. Levanto la mirada y veo cómo alza sus cejas rojizas, su boca se tuerce en una leve y curiosa sonrisa.

—Está pensando en chicos —dice Peyton, ceceando exageradamente. Me hago hacia atrás y lo pateo, pero él logra bloquear el golpe y me responde con un puñetazo en los bíceps. Me quejo y me sobo el brazo. Él se ríe.

Papá y mamá no se dan cuenta, parece que no les importa que Peyton anunció que soy gay, lo cual me hace pensar de nuevo en Morgan. Yo no soy gay, así que nunca lo he pensado mucho, pero los chicos aquí usan esa palabra como si nada. Si yo fuera gay y escuchara a todo el mundo usando esa palabra para describir cosas que no les gustan o gritando «¡marica!» a la menor provocación, probablemente sería más difícil salir del clóset, incluso con la gente que quiero.

—¿Disfrutaste tu cumpleaños? —cuestiona mamá cuando dejo de hacer muecas por el dolor.

—Estuvo bien, creo. —Trago saliva y miro el pastel. A veces me preocupa ser malagradecido porque sé que tenemos más dinero que otras familias de Thebes, pero creo que este año no debieron comprarnos un pastel. Obviamente no fue como los que Donna, la mamá de Morgan, solía hacer. Incluso un pastel de galleta habría sido mejor opción.

—Si querías quedarte, nos hubieras dicho —insinúa mamá.

—No —respondo. Descanso la palma de mi mano sobre el plato de plástico que cubre el pastel—. Habría sido raro estar sin Morgan. —Mamá me sonríe con tristeza; creo que cada vez lo hace más seguido.

—Todo es más raro cuando está Morgan —dice papá desde el asiento del conductor. Peyton resopla. Los dos se miran por el retrovisor. Mamá se aclara la garganta y le da vuelta a la página de su libro con ruido intencional, pero papá la ignora.

—¿A qué te refieres? —pregunto, pero papá solo juguetea con los dedos en el volante.

—Creí que para estas alturas ya lo habría superado, es todo.

—Chicos —interviene mamá.

—¿Superado qué? —insisto como si no supiera la respuesta. Tengo trece años, ya no soy un niño, pero los adultos siguen actuando como si nunca supiera nada.

—Ser marica —susurra Peyton. Siento cómo se me va el calor a las mejillas. Claro, eso es.

Mamá le lanza una mirada amenazadora.

—Peyton, por favor.

Hay un momento de silencio que no dura mucho. En mi experiencia, los hombres como Peyton y papá son como tiburones: una gota de sangre es suficiente para enloquecerlos. Papá se pasa los dedos entre el cabello y voltea a verme por el espejo retrovisor.

—Al menos el futbol lo mantenía cuerdo. Pero, por favor, Eric, el niño siempre ha sido muy delicado.

—¿Qué? No es cierto. ¿De qué carajos hablas? —Tal vez Morgan sea un poco afeminado a veces, pero siempre fue el mejor de la liga infantil y juvenil.

—¡Oye! ¡Esa boca! —dice mamá.

—Papá —dice Peyton. Se inclina hacia el frente, con una sonrisa como de coyote—. ¿Te acuerdas cuando Morgan hizo ese berrinche de mierda? —Espero a que mamá lo regañe por su vocabulario, pero nunca ocurre—. ¿Cuando sus papás no lo dejaron disfrazarse de esa niña china en Halloween?

Papá suelta una carcajada y golpea el volante. Yo solo puedo pensar en que eso ocurrió hace dos años, cuando Morgan se enteró del cáncer de su mamá. No puedo ni imaginarme cómo se sentía en ese momento.

—No era de niña —explico—. Era el disfraz de un soldado *hombre* de *Mulán*, así que en todo caso fue...

—Por Dios, ¿a quién le importa esa tonta caricatura, maldito nerd? —dice Peyton—. Igual lloró todo el día. Como niña.

—Okey, okey —interrumpe papá, aún con rastros de risa en la voz, lo cual me para los pelos de punta—. Solo digo que Tyler necesita enseñarle a ese niño a ser un hombre. Él es entrenador de futbol, ¡tiene que ponerlo en forma!

Siento calor en el rostro. Meto las manos en los bolsillos para que Peyton no note que me tiemblan. Descanso la frente en el cristal de la ventana y me concentro en la superficie fría. Morgan siempre sabe lidiar con Peyton. Quisiera poder soltarme igual que él, contestarle con un insulto hiriente o gritar y patear algo, pero lo único que puedo hacer es cruzarme de brazos y guardar silencio. A pesar de esto, ¿siguen diciendo que Morgan es el delicado?

—Vete a la mierda —murmuro, con la mandíbula apretada. Qué sorpresa. Sí me atreví.

Mamá voltea de golpe.

—¡Esa boca!

—¡Okey! —grito.

—¡No le levantes la voz a tu madre! —grita papá.

—Sí, señor —digo. Quiero contestarle otra cosa, pero hacer enojar a papá es castigo seguro.

Transcurre un silencio largo, retumbante y, justo cuando comienzo a calmarme, suena en el radio un comercial del concesionario de autos de papá; si los hijos McKinley no pueden pagar su propia universidad, están condenados a trabajar ahí. Le sube el volumen.

Papá comenzó ese negocio en cuanto se graduó de la preparatoria y se convirtió en su orgullo y motivo de felicidad. A veces creo que quiere más a esos tontos autos que a toda nuestra familia junta. Sube el volumen mientras suelta un pequeño grito de emoción y comienza a cantar el anuncio; mamá y Peyton se unen.

Papá me mira por el espejo retrovisor. Le sostengo la mirada.

Aprieto los labios y comienzo a tararear.

Me sonríe, su boca forma una curva amplia, casi engreída, pero sus ojos no se mueven. Sonrío tanto como puedo y después regreso la vista al camino.

Todavía falta mucho para llegar a casa.

MORGAN

—¿Crees que necesites ir al doctor? —pregunta papá. Baja la ventana y pone los codos sobre el volante de la camioneta. Le pongo pausa a mi canción de Atreyu y le dedico toda mi atención. Aunque en este momento no quiero hablar con nadie, ha sido muy difícil tener una plática seria con él desde que murió mamá. Así que es muy evidente cuando algo capta su interés, algo que no involucre tratarme como bebé.

¿Necesito ir al doctor? Pienso en los resultados de internet y las publicaciones en foros que he leído sobre lo que me pasa, sobre las cirugías y las hormonas que quizá necesite o quiera o… Todo esto es muy confuso. Pero la pregunta de papá no es sobre eso. Está preocupado porque vomité. Quiero contárselo, dejarlo salir, pero dirijo la mirada a su rostro y veo lo cansado que está siempre, casi nunca duerme y acepta trabajos extenuantes además de ser entrenador. No puedo añadirle más preocupaciones. No puedo decirle que yo en realidad debería ser su hija.

—No —contesto. Me froto el estómago y niego con la cabeza—. Solo fue exceso de comida chatarra, supongo. Ya me siento mejor.

25

Me responde con un ruido gutural. Vuelvo a ponerme uno de los audífonos, me quedo observando cómo se desvanece la carretera, intentando no pensar en que Eric no me escuchó en el parque acuático, en que mi secreto sigue a salvo, en que Eric se veía muy guapo sin camiseta y en que quisiera nunca haber pensado en eso. Fue un error considerar contarle. Decido ocultar la verdad. La entierro. Le pongo una lápida. ¿Qué es ser hombre un año más?

Mis pensamientos me llevan a mamá y me pregunto si alguna vez me hubiera atrevido a decirle que me siento en el cuerpo equivocado y si me hubiera entendido. Mamá era sensible y amable, incluso con la gente que no le caía bien. Creo que me habría amado de todas formas.

Supongo que nunca lo sabré, pero tengo esperanzas en que hubiera sido así.

Pasamos bajo el letrero en la carretera que marca la entrada a Thebes, nuestro hogar; un pueblo pequeño y tranquilo, situado en la montaña, entre Knoxville y Nashville. Es el tipo de lugar donde lo único que puedes hacer es pasear en el coche o usar ese coche para alejarte de ahí. No nos alcanza para ser precisamente ricos con el salario de entrenador de papá, pero a veces creo que tenemos una fortuna en comparación con otros niños de mi escuela.

Papá me contó que en Thebes solía haber una mina de carbón y unas cuantas fábricas, que la carretera se saturaba antes de que hicieran la Interestatal 40 y que había más restaurantes y hoteles de los que se pudieran visitar. Había empleo.

Sin la mina y las fábricas, Thebes consiste en un Walmart, una planta procesadora de pollo y un montón de edificios enormes y vacíos con tablas en algunas ventanas y cristales rotos en otras. Peor que el pavimento cuarteado y lleno de baches, las olvidadas cabinas de teléfonos públicos son los fantasmas que me observan.

También está el cine al que me llevaba mamá cada tercer domingo como parte de nuestro ritual especial. Todavía recuerdo cuando vi *Mulán* a su lado y sentí una sutil sensación de placer. Y aunque apenas tenía cinco años, ya sospechaba que no debía decir lo genial que me parecía que una chica también pudiera ser un chico.

Pasamos por el campo en el que jugaba mi liga infantil de futbol, donde los padres de los otros niños nos animaban, aplaudían y me hacían sentir especial; los niños de mi edad sonreían al verme, en lugar de tirarme los libros o patearme las piernas cuando nadie se da cuenta, como ahora.

También está el parque federal con un arroyo que lo atraviesa, cuya agua no se puede beber, pues brilla y resplandece con los desechos de las viejas minas. Ahí, la familia de Eric y la mía organizaban comidas en verano, pero no lo hemos hecho en un par de años. No sería lo mismo sin la ensalada de papa que preparaba mamá; además, su libro de recetas está perdido… De todas formas papá y yo no sabríamos ni por dónde comenzar a cocinar. Hemos sobrevivido de cenas congeladas y comida a domicilio.

Pasamos la funeraria Burke, una antigua casa de plantación, enorme y blanca, en cuyo estacionamiento me senté por primera pero no por última vez y sentí una tristeza y un enojo tan apocalípticos que no podía dejar de llorar. También está la preparatoria Oak County, a donde tendré que ir el siguiente año. La escuela se está cayendo a pedazos, excepto por el campo de futbol, que da la impresión de que alguien acaba de limpiar cada centímetro de las gradas y de las luces con un cepillo de dientes.

Comienza a oscurecer cuando llegamos al estacionamiento de nuestra casa rodante. Me bajo de la camioneta sin decir nada, entro a la casa y me dirijo sin pensarlo al clóset del pasillo. No escucho que papá me siga. Sabe lo que quiero hacer.

Después de buscar un poco, encuentro la cajita de cartón que dice: VIDEOS DE MORGAN BEBÉ. Gateo debajo del estante de camisas de papá, levanto la tapa de la caja y leo la caligrafía redonda y femenina en el lomo de los casetes. En su mayoría, son viejas películas caseras en VHS, pero quedan dos cintas más pequeñas que mamá me grabó justo antes de morir, como regalo de cumpleaños. Su plan era hacerme una por cada año de mi vida que se perdería. Creo que quería cubrir de mis doce a mis dieciocho años, pero todo pasó muy rápido. Tuvimos menos de un año entre el diagnóstico y su funeral. Al final, solo grabó dos cintas.

Recuerdo el septiembre pasado, un mes después de mi cumpleaños número doce, cuando me armé de valor para ver el primero. Mamá no tenía mucho tiempo de haber partido y escuchar su voz se sintió como tomar agua después de un largo día caluroso. La escuché hablarme una y otra vez, hasta que la cinta comenzó a deteriorarse. Necesité mucha fuerza de voluntad para no ver el siguiente video, el último. Ahora, un año después, me da gusto haber esperado.

Encuentro la grabación etiquetada como CUMPLEAÑOS TRECE, la saco, salgo, cierro la puerta del clóset y camino a mi habitación. Papá está en nuestra diminuta cocina escuchando a Merle Haggard, mientras se sirve un whiskey en un vaso con hielos, esperando a que se descongelen un par de filetes.

Cierro la puerta de mi cuarto y pongo una toalla en el espacio que queda entre ella y el suelo. Mis manos temblorosas meten el casete al adaptador para vhs y me siento con la espalda erguida esperando a que el video comience. Hay un momento de estática y luego la pantalla se vuelve azul y verde. Reconozco el balcón de nuestra casa anterior. Papá y yo nos mudamos el verano después de... todo. Se dio cuenta de que no podríamos pagar la renta solo con su salario. De cualquier forma, ese lugar no se sentía como un hogar sin mamá.

Hay macetas con hierbas de olor y tomates colgando del barandal, también enredaderas con flores que suben hasta el techo. En medio de todas esas plantas está sentada mi mamá, mucho más delgada que como quisiera recordarla. Una mascada de flores le cubre la cabeza calva. Trae otra mascada en los hombros y un suéter de manga larga aunque, evidentemente, es un caluroso día primaveral. Tiene los mismos pómulos que yo, las mismas cejas arqueadas, los mismos ojos grandes que parecen ocupar todo su rostro.

—Hola, Morgan —me dice. Puedo escuchar a los pájaros cantar.

—Hola, mamá —susurro.

—¡Feliz cumpleaños número trece! —exclama y le brillan los ojos al sonreír.

—Gracias, mamá.

—Trece... —repite. Su sonrisa se entristece—. No puedo creer que ya seas adolescente. Ha pasado un año. —Suspira suavemente, cansada—. Acabamos de pasar por ti a casa de la abuela y dice que estuviste corriendo en el patio toda la tarde. —Sonrío—. ¿Sigues en el equipo de futbol?

No. Lo dejé porque mi cuerpo comenzó a hacerme sentir mal, porque estaba demasiado triste para ir al entrenamiento, porque se me siguen saliendo pedacitos de lo que me pasa.

Aprieto los ojos e intento alejar todos esos recuerdos: papá gritándome, diciéndome que me incluya con los otros chicos. Eric invitando a chicos del equipo, como Nate y Chud, a pasar tiempo con nosotros.

—Espero que sí —continúa mamá—. Siempre has sido muy talentoso en el campo, puras piernas y velocidad, aunque es verdad que aún no sé muy bien la diferencia entre un *blitz* y una jugada de trampa. Bueno, lo que sea que te interese hoy en día, estoy segura de que lo haces como si estuvieras poseído. —Sube la mirada hacia algún lugar fuera de la toma y mueve la cabeza un poco—. Siempre has sido muy obsesivo al hacer las cosas que te gustan. Creo que es una de tus mejores y peores cualidades.

—Sí, mamá. Tienes razón —confirmo, con una voz ligeramente temblorosa. Lo que no le digo es que este último año, desde que dejé el futbol, me he dedicado a hacer películas secretas con nuestra vieja cámara de video. No quiero que papá se entere. Probablemente pensará que es una pérdida de tiempo y dinero, y supongo que lo es. Además ¿cómo se lo diría?: «Papá, dejé el futbol porque mi verdadero sueño es ¡triunfar en Hollywood!». Es un sueño ridículo, incluso triste. Ya sé lo que me diría: «De este lugar no se sale con sueños y suerte. No puedo pagarte la universidad. ¿Quieres salir de aquí? Eso se logra con el futbol, no con las películas».

Es inútil tener una conversación que sé cómo acabará.

Del otro lado de la puerta escucho los filetes sobre el sartén y me imagino a papá cansado y medio dormido, moviendo la carne, preparándonos la cena.

Regreso mi atención al video y veo la parte trasera de una cabeza pequeña que entra del lado izquierdo. Soy yo.

—¿Mamá? —pregunta Morgan de once años—. ¿Qué haces?

Me paso la lengua por los labios y cierro los ojos con fuerza. Recuerdo ese momento. Recuerdo despertar y seguir su voz hasta el balcón. Recuerdo verla frente a la cámara, sonriendo con tristeza, recuerdo sentir que la estaba importunando en medio de algún asunto de adultos. En ese momento me sentía frustrado con ella por estar enferma; ahora la culpa de ese sentimiento me recorre el cuerpo como una fiebre.

—Te estoy haciendo un regalo para cuando seas mayor —explica, y se agacha para darme un beso en la frente—. Si necesitas algo, ¿se lo puedes pedir a papá?

—Okeeey… —dice mi yo de once años y desaparece de la toma. Los ojos de mamá regresan a los míos.

—Fuiste un niño maravilloso —susurra y su voz casi se desvanece. Se ve más cansada a cada minuto—. Y me da mucho gusto saber que te conocí antes de… —Esta vez suspira profundamente—. No sabré mucho del Morgan de trece años, pero estoy segura de que te estás convirtiendo en un buen hombre. —Se me hunden los hombros al escuchar eso—. ¿Sigues juntándote con Eric? —Inclina la cabeza y me da tiempo de contestar. Pero no puedo. El recuerdo de lo que pasó hoy en el parque acuático todavía me atormenta. Me invade un sentimiento de desagrado.

Mamá comienza a hablar de nuevo.

—No te alejes de ese niño. Trato de no ser supersticiosa, pero creo que ustedes dos se necesitan. —Hay un largo silencio en el que solo mira a la cámara y sonríe—. Ahora necesito descansar. ¿Okey?

—Okey. —Siento que me arden los ojos.

—Feliz cumpleaños, bebé —dice mientras se acerca a la cámara—. Te amo.

—También te amo —contesto, estoy fuera de mí.

Y entonces la pantalla se queda en blanco.

Dejo que el ruido blanco y negro llene el cuarto mientras me siento apoyado sobre los talones. Después de unos momentos la cinta se acaba y sale del aparato. Me acerco y vuelvo a meter el vhs, lo rebobino y lo veo de nuevo. Me invade una presión detrás de los ojos, un nudo en la garganta y calor en el pecho. Sé que necesito llorar y sé que me sentiré mejor una vez que lo haga, pero últimamente no puedo. Cada vez acumulo más sentimientos dentro de mí. No puedo soltarlos, no puedo sacarlos.

Siempre pensé que los niños lloraban menos porque justamente a ellos… a *nosotros* nos regañaban más por hacerlo, pero ahora las lágrimas no llegan aunque las quiera. Me pregunto si ya nunca más podré llorar, quizá crecer signifique tener testosterona recorriéndome el cuerpo como un ejército que mata y quema toda la sensibilidad que me queda.

Miro el video una y otra vez hasta que mis labios se mueven en sincronía con los de mamá. Intento memorizar todo lo que dice, para imaginarme una escena en la que estamos en el balcón, conversando. Cuando el vhs se termina por quinta vez, me siento y me quedo viendo a la nada hasta que la voz de papá rompe el silencio.

—¡La cena está lista! —me llama.

Llego a la cocina, le echo un vistazo a la carne demasiado cocida y a los ojos rojos y cansados de papá; no tengo hambre. Comemos en el sillón, con los platos sobre nuestras piernas, mientras vemos, en silencio, la grabación de los juegos de la división del sureste. El horario de papá siempre hace que se atrase con los partidos de futbol profesional y los universitarios, así que los domingos se pone al día. Jugueteo un poco con el puré de papa en el plato y me quedo viendo al vacío, lejos de los jugadores en la pantalla.

—Oye —dice papá—, es tu cumpleaños. No tenemos que ver esto. Podemos poner...

—No pasa nada. ¿Cómo van los Vols esta temporada?

—En general, bastante bien —responde papá y, por un momento, todo se siente normal. Se recarga en el sillón, cruza las piernas y se rasca la barbilla—. Aunque supe que este juego contra Florida no acabó muy bien para ellos, pero eso no es novedad.

—Claro.

—Sigo pensando que nuestros principales rivales son ellos y no Alabama.

—Sí... ¿Cómo le está yendo a Isaac? —pregunto. El hermano mayor de Eric no hubiera ido ni muerto al parque acuático con nosotros, aunque pasara aquí este fin de semana. Supongo que no lo culpo. Es mucho mayor.

—Muy bien para ser de primer año —asegura papá. Hace como que se limpia las uñas en la camiseta y pone una sonrisa fanfarrona—. Sigo esperando a que el entrenador Fulmer me mande una carta de agradecimiento por todo el esfuerzo que le dediqué a ese chico.

—No te ilusiones —bromeo.

—Claro. —Sacude la cabeza y parece reflexionar—. Por cierto, Eric hará las pruebas para el equipo representativo junior. ¿Te contó?

—Sí —digo—. Sí me contó.

—Tú sigues siendo el más rápido de la escuela. Si trabajamos un poco, hacemos pesas y un buen entrenamiento, probablemente pueda hacer que también entres.

En el fondo sé que así es como intenta pasar más tiempo conmigo. El futbol americano es el corazón de este pueblo: gracias a las becas deportivas hay chicos que logran dejar Thebes, e incluso los que no logran ser reclutados y tienen que pasar aquí el resto de sus vidas pueden al menos atesorar los momentos de gloria que les dio el futbol.

El pueblo espera mucho de papá: que fabrique héroes, que ponga a Thebes en el mapa. Nunca me di cuenta de cuánto tiempo él pasaba entrenando hasta que dejé de ir a la práctica y noté que solo lo veía en la mañana, una hora en la noche y la mitad del domingo. A veces pensaba que cualquiera de los chicos del equipo sería mejor *hijo* que yo. Al menos ellos no serían una constante decepción. Ellos no le recordarían todo lo que ha perdido con solo mirarlos.

Pero mientras más me pide que me una al equipo más pienso en lo cansado que estoy de esta conversación.

—No —contesto—. Ya no quiero volver a jugar futbol, papá.

—Okey. —Asiente, respira hondo y se pasa una mano por el rostro—. Lo… siento. Solo intento ayudar.

El nudo en mi garganta regresa. Él también está luchando. Lo intenta. Y sé que me ama. Es lo único que me queda… y Eric.

—Lo sé —susurro.

—¿Cómo estuvo el video? —pregunta.

—Bien. Estuvo bien. Lindo.

—Qué bueno.

Comienzo a decir más, a decirle que aunque me duele verla en los videos, sigue siendo un alivio, porque a veces me quedo mirando el techo en las noches sin poder recordarla viva y en movimiento, a qué olía, cómo era su voz. Le quiero decir que este dolor es mejor que olvidarla.

Pero no hemos hablado mucho de ella desde el funeral. Cuando nos estábamos mudando encontré el cuaderno de dibujos que usaba en la universidad, y papá se sentó conmigo para explicarme lo que recordaba de esos increíbles dibujos, tan realistas, que hacía mamá. Recuerdo que le temblaba la voz cuando llegó a una página cerca de la mitad; ahí encontramos una figura: claramente era él de joven sentado sobre un tronco, con una gorra de beisbol puesta, los ojos encogidos intentando ver algo fuera de la página, sacando un cigarro. Mamá había logrado capturar su semblante reflexivo solo con la ayuda de un lápiz. Debajo del dibujo escribió, a manera de título: «Mi futuro esposo».

Papá había logrado mantener la compostura cada noche en el hospital, durante la última charla con el doctor e incluso en el funeral. Pero algo en este dibujo lo destrozó y comenzó a sollozar. Se encerró en su habitación y lloró casi una hora. Cuando salió, ninguno de los dos dijo nada. Nunca lo había visto así y creo que no soportaría verlo de nuevo.

Así que no hablamos de ella, al menos no directamente.

Atravieso un brócoli con el tenedor y considero metérmelo en la boca, pero lo dejo sobre el puré de papa.

Nos quedamos callados y miramos el juego un rato más. Está reñido, pero a los Vols definitivamente les cuesta más. Entonces se pone veintiuno a veintidós, a favor de Florida, y la defensa de los Gators logra hacer tiempo. Papá refunfuña y se masajea las sienes. Yo uso esta distracción para levantarme y tirar la comida de mi plato en la basura.

—Ya lo lograrán la siguiente temporada —digo.

—No se puede pensar así cuando eres el entrenador —replica él.

—Supongo. —Me quedo inmóvil—. Gracias por la cena.

—Claro. Y sobre tu cumpleaños y lo demás... sé que ya no es como antes.

Hace dos años tuvimos la última cena de cumpleaños normal. Mamá y Jenny solían preparar una cena enorme para todos. Mamá hacía el postre. Era tan buena repostera que ahora los pasteles de la tienda me saben horrible. El hermano mayor de Eric, Isaac, todavía vivía en casa de sus padres. Peyton no era tan cruel. Mamá seguía viva y saludable.

—Descuida —digo—. Estuvo bien.

Si papá se dio cuenta de que no comí nada, no se nota, solo asiente y sonríe mientras yo salgo. Probablemente se irá pronto para organizar el equipo o lo que sea que hagan los entrenadores cuando no quieren estar en su casa, y me dejará para que yo solo averigüe cómo pasar el tiempo.

Dejo que la puerta de malla se estrelle detrás de mí y me siento en los escalones de nuestro remolque. Tres niños de cabello largo gritan y salpican agua hacia todos lados en una piscina inflable del otro lado de la calle, mientras su tía, una mujer mayor y redonda con una coleta gris y lentes de armazón de pasta, los observa mientras se acaba un paquete de cigarros Camel. El olor a humo, grasa y salsa barbecue invade el ambiente.

A lo lejos, tan distante que podría ser solo un pensamiento, escucho el rasgueo de una guitarra acústica.

«Eric». Me pregunto si ahora mismo estará tocando la guitarra que le regaló mi mamá. No sabría decir por qué, pero, por alguna razón, estoy seguro de que sí. Y, si ella es capaz de escucharlo, sé que está muy feliz. Pensar en eso solo me pone más triste.

Pateo las piedras y me lastimo el dedo gordo. Tomo aire. «Te odio», le digo a la piedra. Odio este parque de remolques *casi* tanto como odié vivir en el departamento que me recordaba a mamá cada minuto de cada día. Lo odio porque carece de permanencia, lo odio porque no es mi hogar y lo odio porque ya no tengo uno al cual regresar.

Con los ojos cerrados, me pongo mis audífonos y me dejo llevar a cualquier lugar que no sea este. Acerco las rodillas al pecho e intento empequeñecerme lo suficiente para desaparecer.

ERIC

Afuera ya hay luciérnagas. Estoy sentado en la entrada del patio trasero, observándolas brillar y girar, mientras toco la guitarra un poco distraído. Hago un acorde en fa, que me parecía el más difícil de todos cuando estaba aprendiendo. Ahora no lo parece tanto.

La guitarra fue el último regalo de cumpleaños de la familia de Morgan antes de que Donna muriera, eso y un libro de partituras con varias canciones populares del rock de los noventa de McKay's, una tienda de libros y discos usados en Knoxville. Ambos regalos eran de parte de toda la familia Gardner, pero supe de inmediato que Donna los había escogido. Siempre decía que yo tenía dedos largos, perfectos para la música, y que sería una lástima desperdiciarlos. Le debo mucho por haber notado que eso existía en mí, que mis manos podían hacer algo más aparte de atrapar pelotas. También gracias a ella mi gusto musical no consiste en canciones sobre camionetas y el country que sí escucho se inclina más hacia My Morning Jacket y Old Crow Medicine Show y menos hacia Garth Brooks. Aunque estaría mintiendo si dijera que no sigo disfrutando una que otra canción sobre una buena camioneta.

Toco sol menor. Lo sostengo. Si bemol mayor séptima. Rasgueo.

Voy cambiando entre los acordes, disfrutando el dolor que las cuerdas provocan en mis dedos. El dolor es bueno, pues significa que se están haciendo más fuertes.

Se enciende una podadora y veo que mi hermano mayor, Isaac, la empuja por el jardín, por lo que las luciérnagas huyen. Dejo mi guitarra a un lado para verlo trabajar. Isaac es enorme, una copia de papá cuando estaba en la preparatoria. Tiene cuadros en el abdomen, bíceps enormes y una mandíbula cuadrada; su pelo es rojizo como el de mamá. Ahora tiene diecinueve y está en la Universidad de Tennessee, en Knoxville, con una beca de futbol, pero vino a casa por mi cumpleaños. Aunque en realidad vino a ver a su novia porque ni siquiera fue al parque acuático. Se detiene a mitad del jardín, apaga la podadora y se limpia el sudor de la frente. Sonríe al verme sentado, observándolo.

—Quédate ahí, cumpleañero. —Atraviesa el patio, sube los escalones del porche y entra a la cocina. A veces puede ser un patán, pero no como Peyton. Solamente en mi cumpleaños puedo contar con que Isaac esté en modo hermano bueno y Peyton no haga ninguna locura. Una vez, cuando teníamos ocho y Peyton once, Morgan hizo que le sangrara la nariz. Estábamos jugando videojuegos y Peyton pateó el control que Morgan tenía en la mano porque había perdido demasiadas veces en Tekken. Morgan brincó sobre el sillón y le rompió la nariz de un golpe. Ese Morgan es el que conozco, el que te la regresa, no el que vi hoy, el que se aísla.

—Toma. —Isaac regresa un momento después con dos Coronas.

—¿No nos van a regañar? —pregunto. Tomo la botella con las dos manos. Está muy fría y siento que suda en mis palmas.

—Si tú no dices nada, yo tampoco —contesta Isaac al tiempo que sube los pies a la mesa de mimbre y toma un trago de cerveza—. Además, hoy cumples trece. ¡Ya eres un hombre!

—¿Soy un hombre? —Tomo un trago de cerveza y no la odio, como pensé que pasaría. Es suave y burbujeante, como un refresco, pero salado en lugar de dulce—. Ni siquiera me ha cambiado la voz —añado y tomo otro trago más largo. Como para ejemplificar lo que digo, bajo la cerveza y con los dedos hago la tonada del *riff* inicial de «Come As You Are», que fue la primera sección del libro que dominé. Canto las primeras estrofas, haciendo que mi voz desafine y chille más de lo normal.

—Solo son detalles —me dice riendo y agitando una mano, para restarle importancia—. Y bien, ¿qué se siente cumplir trece?

—Se siente… bien —contesto. Paso el pie sobre el pasto—. Creo que me preocupa que todo esté cambiando y que no puedo hacer nada al respecto.

—¿Como qué? —pregunta Isaac. Levanta las cejas—. ¿Las niñas ya te hacen sentir algo raro?

Recargo la espalda y frunzo el ceño; él se ríe de mi expresión.

—Supongo que sí. No sé. Me preocupa Morgan. Siento que nos estamos alejando y… —Tomo otro trago de cerveza y me detengo antes de decir algo más.

—Eh… no te importará mucho ya que empiecen las clases —dice Isaac—. Claro, siempre necesitas tiempo con tus amigos, pero, no sé, hablas de él como si fuera tu novia.

40

La verdad, incluso si fuera tu novia, me parecería que te tiene con la correa muy corta.

Quiero creer que la intención de Isaac es buena, pero suena demasiado como a papá y Peyton en el auto, aunque tal vez eso no deba sorprenderme. De mis dos hermanos mayores, Isaac me cae mejor, pero a veces noto que le cuesta pensar en las mujeres como personas o entender por qué a alguien le importaría algo que no sean deportes.

—Buena plática —digo.

Se encoge de hombros y pone los ojos en blanco.

—Después me lo agradecerás —asegura y se pone de pie para terminar de podar el pasto y asustar a las luciérnagas, quizá esta vez definitivamente.

Dejo mi cerveza a la mitad en el porche, suponiendo que todo el mundo pensará que es de Isaac y entro a la casa.

Entonces noto el pastel de cumpleaños a medio comer sobre la barra de la cocina y tengo una idea. Busco un recipiente y levanto la tapa de plástico, corto dos pedazos de pastel, los meto al recipiente y voy a la sala, donde dejé mi mochila.

—¡Por fin! —dice Peyton desde lo más alto de las escaleras—. ¡Hora del pastel!

—¡No es para ti! —le digo con una mirada fulminante.

Mamá y papá levantan la vista de la televisión mientras yo camino hacia la puerta.

—Voy a salir —digo.

—No es hora de salir —replica papá.

—Tengo que ver a Morgan. —Trago saliva. No se me ocurre otro momento en el que haya desafiado así a mis padres. Quizá sea culpa de la cerveza.

—Morgan está enfermo del estómago —alega mamá—. Necesita estar solo. Además, lo verás en la escuela.

—No —contesto. Sacudo la cabeza—. Necesito verlo en este momento.

Comienzan a decir algo más, pero salgo por la puerta y empiezo a correr por la cochera antes de que puedan alcanzarme. Escucho que la puerta vuelve abrirse a mis espaldas, pero ya estoy sobre la bici, pedaleando velozmente por la calle.

El remolque de Morgan me queda a veinte minutos en bicicleta y es un camino de subida por varios vecindarios a los que papá llama feos, vulgares y otras cosas que no me gusta repetir ni en mi mente. Hay gente que me saluda desde las entradas de sus casas rodantes, desde los balcones de sus departamentos y desde las esquinas de unos edificios casi en ruinas. Las personas se pasan cigarros entre ellos mientras observan a los autos que pasan.

Está claro que Thebes no está en su mejor época y sé que tengo suerte de tener una familia con dinero, pero espero que eso nunca me impida ver la belleza que se esconde en todas partes: la luz que se filtra entre las nubes, las sombras sobre las montañas y la sonrisa de la gente que, si bien no es perfecta, tiene todos los motivos para ser miserable y, a pesar de eso, encuentra la manera de ser amable cada día. Papá dice que soy muy inocente y Morgan dice, cuando está de mal humor, que yo no pensaría así si fuera pobre. Quizá los dos tienen razón.

Cuando por fin llego al parque de remolques donde vive Morgan, estoy bañado en sudor y en agua de la brisa. Me recargo en la oficina de alquileres un segundo antes de subir hasta su casa; cuando llego lo encuentro sentado en el escalón de la entrada, con una sudadera enorme, las rodillas hasta la barbilla y la mirada perdida. El sonido de mi bicicleta en su entrada de grava llama su atención y, por un momento, sus oscuros y enormes ojos me anclan al piso.

—Hola —saluda. Su voz no denota ninguna emoción y no sé si es porque está triste o porque no quiere verme. Es difícil imaginar que uno de nosotros no quiera ver al otro, pero quién sabe qué esté pasando por su cabeza últimamente.

—Hola —respondo y, de repente, me siento tonto—. Traje pastel. —Le doy un golpecito a mi mochila. Él me lleva adentro y me derrito en su sillón, con la camiseta pegada a la piel. No hay rastro de su papá, así que probablemente se inventó una excusa para ir a trabajar.

Morgan me observa con la cabeza ladeada.

—¿Es todo? —cuestiona. Claro que hay muchas cosas de las que quiero hablar: ¿Por qué las cosas entre nosotros han estado raras? ¿Eres gay? ¿Seremos amigos para siempre? ¿Es raro que me preocupe todo eso? Pero en vez de hacerlo, no digo nada. Saco los contenedores y los pongo en la mesa de centro.

—¡A comer! —exclamo.

—Eres muy raro —contesta Morgan finalmente y me duele, aunque sé que no lo dice en el mismo sentido que mis hermanos. Sonríe y sacude la cabeza, después desaparece en la pequeña cocina. Regresa con dos tenedores y se sienta a mi lado en el sillón.

—¿*Yo* soy el raro? —insinúo, con la boca llena de pastel—. Te hubieras visto hoy.

—No sé a qué te refieres —replica Morgan. Su cara luce inexpresiva. Pero lo conozco. Puedo distinguir cuando está tranquilo y cuando finge estarlo.

—¿Qué intentaste decirme hace rato? —le pregunto. Se mete un pedazo de pastel a la boca para evitar hablar del tema y se encoge de hombros—. Puedes decirme.

—No es nada —responde Morgan. Se limpia el betún de los labios y desvía la mirada.

—Puedes decirme si… —comienzo y quiero terminar la frase con «si eres gay», pero no se siente bien. Y por más que piense que ese sea el secreto de Morgan, una parte de mí piensa que podría equivocarme. Siendo honesto, por cada cosa femenina que Morgan hace, puedo pensar en otra cosa asquerosa o malvada que lo compensa. A veces canta canciones de Mariah Carey con un cepillo que usa de micrófono, pero en otras se cae de la bici y no se da cuenta de que trae la pierna en carne viva. En ocasiones se sienta con las piernas cruzadas y sacude la cabellera, pero luego se tira pedos cuando duermo en su casa y se ríe tanto que no puede ni respirar. Solo hemos hablado de chicas una vez y él no parecía estar interesado. Sin embargo, pasamos tanto tiempo juntos que creo que habría notado si él se estuviera interesado en los chicos.

Para mí, Morgan es Morgan, como siempre, solo que cada día más triste y distante. Si es gay, sé que puede ser bueno para él escuchar que todo está bien. Pero si no lo es, ¿qué tal si se ofende? En realidad solo quiero decirle que todo va a estar bien, sin importar cuál sea su secreto.

Morgan respira hondo, como si intentara pensar en algo. Se endereza y luego vuelve a desanimarse.

—Estaba estresado por el video de este cumpleaños —confiesa—. Es muy… difícil.

Se limpia la nariz y yo cierro los ojos con fuerza, enojado conmigo mismo. Claro. Debí saber que esto era sobre su mamá.

Morgan descansa la frente en las manos y exhala profundamente.

—Últimamente las cosas se han puesto muy, muy difíciles. —Mira al piso y, antes de que yo me entere de lo que está pasando, comienza a llorar. Casi siento alivio. Antes lloraba todo el tiempo, la gente hasta se burlaba de él. Pero después del funeral simplemente dejó de hacerlo.

Rodeo sus hombros con mi brazo, intentando que la situación no sea tan incómoda como la sentía. Aún huele a cloro de la alberca. Siento la necesidad de abrazarlo con ambos brazos. De tenerlo más cerca.

Se me viene a la mente un recuerdo de junio del año pasado. Morgan se acababa de caer de la cuarta o quinta rama de un árbol muy alto. Me hinqué a su lado para ver si respiraba, para preguntarle si se había roto algo y, cuando abrió los ojos, esos ojos enormes y oscuros, me miró; quizá yo estaba mareado del calor y la adrenalina o quizá fue que tenía el pelo largo y comenzaba a adelgazar, pero parecía una niña. Una muy bonita.

Me deshago del pensamiento.

—Lo siento, Morgan —susurro finalmente, en dirección al piso.

Morgan se aleja, estira la espalda y toma aire. Por un segundo tanta distancia entre nuestros cuerpos se siente mal, pero no sé por qué pienso eso. «Marica», escucho en mi mente las voces de mis hermanos; las alejo.

—No, yo lo siento por estar tan mal —dice.

—Soy tu mejor amigo. No me importa —protesto. Y es verdad, no me importa.

Morgan voltea a verme con los ojos rojos del cloro o de las lágrimas, no lo sé.

—Vamos a ser mejores amigos para siempre —asegura, con unas pupilas enormes—. La escuela, la universidad, los trabajos… nada de eso se interpondrá.

Mientras las palabras le salen de la boca, me pregunto si Morgan leyó mi mente o si tal vez yo leí la suya. El ali-

45

vio se apodera de mí. A ambos nos preocupan las mismas cosas. Tal vez por haber nacido el mismo día tenemos poderes especiales. Somos como gemelos cósmicos o algo así. Qué tontería. Mucha gente nació ese día. Aunque no mucha gente pasó tres días en el mismo cuarto durante una tormenta. ¿Quién sabe?

Asiento y le ofrezco otro pedazo de pastel.

—Para siempre —repito.

Le da una mordida y sonríe. Tiene los dientes llenos de chispas.

—Qué bien —murmura y siento un peso menos en el pecho mientras me digo que todo va a estar bien. Siempre seremos Eric y Morgan. Nada va a cambiarlo.

CATORCE

MORGAN

Otra vez hace calor y el aire acondicionado está descompuesto. ¿Cómo es posible que una vez hubiera una tormenta de nieve en septiembre? Ahora la idea de nieve en un día como hoy me parece imposible.

Me levanto antes de que suene la alarma y voy a la cocina. Tengo puesta la camiseta de *Creepshow*, que me llega a medio muslo, pegada a la espalda y las axilas; maldigo a quien sea que esté a cargo allá arriba de condenarme a vivir en un lugar capaz de superar los treinta grados incluso en otoño. El pelo largo se me pega al cuello. Me sirvo un plato de cereal y me quedo viendo el piso.

—Ash —dice papá al salir de su habitación. Ya tiene la camiseta mojada debajo de las axilas y por toda la espalda. Entra a nuestra cocineta y comienza a servirse café en un termo, pero se detiene para primero llenarlo de hielo. No parece notarme hasta que le da un trago—. Te levantaste temprano.

—No sirve el aire —contesto.

—No me digas. ¿No podías dormir?

Me meto una cucharada de cereal a la boca y niego con la cabeza.

—No te culpo —replica—. ¿Vienes al juego de hoy?

—No me lo perdería por nada del mundo —afirmo. En realidad es mi nueva amiga de la escuela, Jasmine, quien me arrastra en contra de mi voluntad. Pero sé que mi reciente asistencia a los juegos hace feliz a papá y no quiero decepcionarlo.

—Así se habla —asiente—. Feliz cumpleaños, por cierto. ¿Qué se siente tener catorce?

Pues, en realidad no sé qué contestar a eso. No puedo decirle que no me identifico con ninguno de los chicos de mi edad, a excepción de Eric, y que ninguna chica está interesada en ser mi amiga, a excepción de Jasmine. Que el *bullying* de los chicos que están en su equipo de futbol va de mal en peor, y que la única razón por la que sigo corriendo diario es porque debo ser veloz por si algún día necesito huir. Hay días en los que mis extraños sentimientos están bajo control, pero cada vez que pienso en envejecer en este cuerpo, me siento como Tom Cruise en esa película en la que los vampiros están en un pozo y ven cómo se va acercando la luz del sol centímetro a centímetro.

—Bien. —Es todo lo que le digo a papá—. Igual, supongo.

—Es una edad extraña —explica—. El próximo año tendrás tu permiso de conducir. Después tu licencia a los dieciséis y luego viene el más importante: el cumpleaños dieciocho. Pero a los catorce no recibes mucho.

—Acné —puntualizo y me froto un barro de la mandíbula en el que he estado pensando.

Papá se ríe.

—¿Y quizá estas…? —murmura. Abre el cajón de herramientas, saca un montón de sobres y los deja sobre la barra de la cocina, a mi lado. De un vistazo noto mi nombre en el primero, pero sigo viendo borroso porque acabo de despertar.

—Si la abuela mandó tantas cartas, quizá ya está senil.

—No las manda tu abuela —corrige papá. Su boca se convierte en una sonrisa, pero entonces revisa su reloj y se queja—. Tengo que llegar al entrenamiento. Te veo en la noche.

—Claro. —Me despido con la mano y bajo mi plato de cereal. Apenas noto el sonido de la puerta cerrándose y después su auto saliendo de la entrada mientras me concentro de nuevo en el sobre de hasta arriba; siento un vuelco en el pecho y de repente puedo distinguir la letra de mamá.

El sobre dice: MORGAN, CUMPLEAÑOS CATORCE.

Lo abro con prisa, como si adentro tuviera un boleto dorado, y saco cinco hojas de papel: una es una hoja carta normal y las otras cuatro son de papel de calidad. La hoja de hasta arriba, la de papel normal, tiene su letra. Me tallo los ojos y enfoco.

Morgan:

Hola, soy mamá.

Perdóname por hacer solo dos videos, pero no me he sentido muy bien estos días y preferiría que me recordaras como antes. Sé que es un poco vanidoso de mi parte, pero estuve embarazada nueve meses y el parto me dolió mucho, así que puedes concederme esto. Además, puedes enmarcar estas cartas o escanearlas y guardarlas en la computadora. He visto tantas videograbadoras tragarse VHS que me preocupa. Quién sabe si la gente siga teniendo videograbadoras para cuando leas esto. No puedo imaginármelo, pero bueno, yo qué sé, siempre dije que los CD nunca reemplazarían a los casetes. (¡Los casetes no se traban cuando corres con tu Walkman! ¡Los casetes no se rayan! No es que yo estuviera equivocada, ¡es que todo el mundo enloqueció!).

Estoy divagando. Perdón. En realidad me siento bastante bien hoy, lo cual es cada vez más raro. Así que no puedo evitar sentirme un poco loca. En fin, ¡feliz cumpleaños, amor mío! He estado pensando mucho en tu futuro y en el tipo de hombre que serás

Hay una arruga en el papel y noto, con pánico, que cerré el puño. Detengo mi lectura para intentar desarrugar el papel, pero las manos me tiemblan tanto que pronto desisto.

y pues, si estás leyendo esto, no estoy ahí para verte, así que quise compartirte algunas de las cosas que pensé para ti… Sé que la gente crece y cambia con el paso de los años; si no, tendríamos un país lleno de bailarinas y astronautas. Solo quiero que sepas cómo te veo y cuánto te amo, cuánta fe tengo en que, sin importar qué decidas hacer, lo harás muy bien.

Te ama siempre,
Mamá

Pongo la carta a un lado, asegurándome de que no caiga en algún lugar mojado o grasoso de nuestra eternamente sucia cocina y reviso las otras hojas una por una.

Cada hoja es una obra de arte: una en acuarela, otra en tinta, otra en carbón y la última en acrílico. La acuarela es una pintura de mí con muchos músculos y el cabello corto, llevo la camiseta de los Vols y unas manos me levantan desde la parte de abajo de la hoja. El cabello se me pega al rostro por el sudor y tengo la cara sucia, pero estoy sonriendo, sujetando el trofeo Heisman contra mi pecho.

Se me seca la boca al ver la pintura. Puedo sentir mi pulso en las orejas.

En la pieza monocromática, la de tinta, solo ocupo un cuarto de la hoja, tengo barba y el pelo algo despeinado, y estoy usando saco y jeans. Estoy de pie con las manos en los bolsillos y una expresión pensativa frente a un pizarrón enorme cubierto de fórmulas matemáticas. Parece una escena sacada de *Mente indomable*.

Me toco el rostro y los labios, donde comienza a salir un poco de pelusa café claro, como de durazno; me imagino con barba y rápidamente pongo este dibujo hasta el fondo del montón. Siento la garganta seca.

En el dibujo a carbón también tengo barba, pero ahora tengo el cabello corto y llevo puesta una bata de laboratorio. Tengo un estetoscopio alrededor del cuello y camino decidido de un cuarto que dice RADIOLOGÍA a otro que dice ONCOLOGÍA.

Me invaden los recuerdos de los últimos días que pasamos en el hospital. Tengo que cerrar los ojos y respirar un par de veces para evitar salir corriendo al baño a vomitar.

No tengo barba en la pintura en acrílico, gracias al cielo. Estoy de rodillas y de perfil con una videocámara enorme al hombro, mirando con atención lo que sea que esté filmando.

Mis dedos acarician los pedazos de papel, con mucho cuidado para no manchar el dibujo a carbón o arrancarle pedazos al de acrílico. Cada terminal nerviosa se estremece al pensar que ella tocó estas páginas, que cada pincelada es una huella en el tiempo. Esto es lo más cerca que estaré de volver a toçarla. Pensar en eso hace que mi respiración se vuelva entrecortada y temblorosa.

Mi madre era muy talentosa de formas que apenas reconozco: artista, jardinera, repostera, pensadora. Pero para ser tan perceptiva, nunca me conoció de verdad. Me tiemblan tanto las manos que temo dañar su arte, así que doblo las hojas, las regreso al sobre y lo guardo en la caja de los videocasetes que tengo en el clóset del pasillo.

Nunca conoció mi verdadero yo y ahora se ha ido para siempre. Murió pensándome como su hijo y, a menos que el cielo sea real, siempre seré su hijo en ese último, horrible e infinito momento.

Me acuclillo en el pasillo, las lágrimas y el sudor me caen por el rostro y la barbilla. Me tallo los ojos y me acerco las rodillas al pecho, ligeramente consciente de los chillidos pequeños y desesperados que se me escapan de la garganta y me hacen sonar como un animal herido que pide ayuda, aunque sepa que nadie vendrá.

Finalmente, mi alarma suena para avisarme que es hora de despertar para ir a la escuela. Antes de pensar en lo que estoy haciendo, me sale un rugido de la garganta y corro a mi habitación, tomo el reloj que compré en una tienda de segunda mano, lo desconecto y lo aviento contra la pared.

El ruido que hace al estrellarse es muy satisfactorio; un tintineo de cristales me provoca culpa, vergüenza y un vacío confortante que reemplazan mis ganas de llorar. Me limpio la nariz con el antebrazo y tomo aire con la mandíbula apretada. Me lavo el rostro con agua fría para que nadie, en esa prisión que llamamos escuela, note que lloré. Me pongo unos shorts y salgo de casa para tener otro día productivo y enriquecedor en primero de preparatoria.

El campo enloquece debajo de nosotros y se escucha como si fuera un ruido blanco fluorescente. Me sé el número de camiseta de Eric, treinta y dos, así que puedo concentrarme en él mientras corre por el pasto y el *quarterback* se prepara para lanzar la pelota. Nunca fue bueno en la línea ofensiva, pero ahora que es alto y delgado, le queda mucho mejor ser receptor abierto. A mi lado, Jasmine salta de pie, aplaudiendo y gritando.

Jasmine sabe que tengo una relación complicada con el futbol, pero desde que nos conocimos en la materia de Español I, al principio del año escolar (le dijo al profesor que era un imbécil analfabeto en español y cuando él no le entendió, me reí), se ha dedicado a sacarme de mi zona de confort a pesar de que ella es mucho más *cool* que yo: con su fleco de Cleopatra, labial rojo y chamarra de mezclilla cubierta de parches de bandas. La gente la molestaba porque, al parecer, a las latinas no les puede gustar el rock indie o Forever 21, pero todos son unos idiotas y ella se ha convertido en mi mejor amiga. Excepto por Eric, por supuesto. Y para ella, salir de mi zona de confort significa que tengo que ir al gran juego de septiembre contra nuestros rivales, los Pioneros de Dogwood, y sentarme en las gradas con el resto de la escuela y, quizá, con todo el pueblo… aunque sea mi cumpleaños. Diría que hay casi tres mil personas aquí, todas desesperadas por olvidar que sus hijos están muriendo en el extranjero sin razón aparente y que sus hijas devoran pastillas para tener un descanso momentáneo de sus vidas sin sentido.

Un movimiento repentino capta mi atención y me concentro en el campo para encontrar a Eric; lo veo cuando salta y atrapa el pase. Entró al equipo representativo junior, como papá predijo, y como el receptor abierto titular se rompió una pierna en un vehículo todoterreno el mes pasado, le tocó a Eric pasar mucho más tiempo en el campo. Carson dice que Eric tiene más talento en un meñique que Tom Brady. A veces no sé si a Eric le guste el futbol, pero dice que se siente bien ser bueno en algo y así hace feliz a su papá. Yo *intento* decirle que es buen guitarrista, intento motivarlo para que se grabe, pero siempre se apena y lo deja; a menudo dice que es una pérdida de tiempo puesto que Carson no le pagará la universidad. Sus opciones son una beca deportiva o trabajar en el concesionario de autos usados de su papá. Si esas fueran mis opciones, también escogería la primera.

No sé qué tan cierta sea esa comparación con Tom Brady, pero sé que Eric es bueno. Nunca se lo diría, pero cuando estábamos en la liga infantil y en la juvenil, me la pasaba encubriéndolo. Podía deshacerme del balón tan rápido que nadie se daba cuenta de cuántos defensivos Eric dejaba pasar. Papá dice que Eric encontró su nicho y eso influye por completo, porque nunca ha sido lo suficientemente agresivo para las jugadas de mucho contacto. Pero si tuviera que apostar, diría que tocar la guitarra le ha ayudado a llegar hasta donde está. Un buen receptor no solo es rápido, también sabe improvisar y tiene manos ágiles y sensibles.

Jasmine vitorea a mi lado. Volteo a ver a Eric y no puedo evitar hacer un gesto de dolor. Las cosas no van muy bien en el campo, pero tampoco son un caso perdido. Aunque vamos perdiendo por nueve puntos, noto que Eric no ha dejado que eso le afecte. Se sale de llaves que le hacen tipos mucho más grandes que él, como si estuviera cubierto en mantequilla. Se enfrenta a la defensiva y cae de pie cuando otros se habrían tirado al suelo; casi siempre sabe cuándo es buen momento para conseguir más yardas y cuándo es momento para salirse del campo.

La multitud lo ama, *yo* lo amo; él es el único jugador que mantiene la mente en el juego, pero es muy joven y pequeño, así que el *quarterback* finge que no existe. Pero en cuanto empieza la última jugada del tercer cuarto, el *quarterback* desaparece y al receptor abierto titular, un estudiante de tercer año llamado Colby, Riley, o algo así, lo alcanzan cuatro defensas. Los Pioneros no son tontos y ya se dieron cuenta de las preferencias que tiene nuestro *quarterback* a la hora de hacer pases. Es demasiado tarde para intentar correr, lo que significa que su única opción es pasarle el balón a Eric.

Mis dedos se agarran con fuerza a las gradas. La pelota vuela. El campo se llena del silencio más ensordecedor que he escuchado.

Eric atrapa el pase con tanta gracia como una enfermera que carga a un recién nacido y se apresura.

Aprieto los dientes y me doy cuenta de que estoy susurrando: «¡Corre, corre, corre, corre!». Uno de los *safeties* de los Pioneros se separa del primer receptor y se va contra Eric. Grito porque seguramente van a aplastarlo, pero él engaña al adversario, se da la vuelta y se abre camino. Para sorpresa de todo el estadio (pero no para mí), Eric llega a la zona de anotación.

Touchdown. La multitud enloquece.

Esta vez, cuando Jasmine se pone de pie, la acompaño, aplaudo y grito junto con la gente. Nuestro equipo logra el punto extra con una patada perfecta y, cuando se acerca el final del tercer cuarto, volvemos a tener oportunidad.

La banda comienza a tocar la melodía de «Seven Nation Army» y las porristas entran en acción. Siento una presión en el pecho al mirarlas, no puedo apartar la vista de ellas. El atardecer las ilumina por detrás y por supuesto que son hermosas; su propósito es verse y bailar de manera bella. Veo cómo se mueven, las admiro con fascinación, pero también me dan celos. Los uniformes ajustados les quedan a la perfección y no podría sentirme más diferente a ellas en mi sudadera azul, camiseta roja, jeans deslavados y tenis Adidas con manchas verdes de podar el pasto.

Jasmine mueve la mano frente a mi cara.

—¿Te gusta lo que ves? —pregunta. Se recarga en su asiento, mueve el pelo y pone los ojos en blanco—. Caliente.

Siento que las mejillas se me calientan pero de vergüenza. Me encantaría ser un caliente más. Intento excitarme pensando en esa ropa diminuta, pero no sucede nada, lo cual me hace sentir aún peor. Como si tuviera algo roto. Pienso en nuestro cumpleaños de hace un año, cuando casi le digo a Eric mi gran secreto de querer ser una niña. Pero desde entonces he hecho todo lo posible por esconder esos sentimientos en lo más profundo de mi ser. Y fuera de los exabruptos como el de esta mañana, he tenido éxito, relativamente… El truco está en siempre tener algo que hacer. Es difícil creer que hace apenas un año estuve tan cerca de decirlo en voz alta.

—Ja, sí. Me atrapaste —digo. Ella me guiña un ojo.

—Seguramente todas estarán en la fiesta de Elena de esta noche.

—¿Hay fiesta en casa de Elena?

—Sí —responde y de pronto sus ojos brillan—. Es una fiesta de futbol. Y vas a venir porque Elena es mi prima, entonces podemos entrar, y porque es tu cumpleaños. No intentes inventar alguna excusa para terminar sentado en tu cuarto toda la noche escuchando esa banda rara.

La banda a la que se refiere es Malice Mizer. Es un grupo japonés de rock gótico de los noventa que descubrí porque los integrantes se visten de mujeres en la mitad de sus videos. Eso no se lo diría a nadie. Solo paso saliva y asiento.

—¡Perfecto! ¡Vamos a ir! —dice con voz inocente.

El *touchdown* de Eric vuelve a elevar los ánimos de los Gatos Salvajes de Oak County y llegamos al último cuarto con toda la energía. Los Pioneros se equivocan a la hora de patear y nuestra defensa recupera el control en su yarda treinta. El juego continúa. Los Pioneros arrastran los pies al entrar y salir de campo; piden una serie de tiempos fuera, en un evidente intento por conservar la ventaja de dos puntos. Es una estrategia inteligente y no es contra las reglas, pero aun así los abucheo junto con toda la gente de nuestro lado del campo.

Peleamos cada centímetro y Eric consigue dos intentos de primero y diez por su cuenta, añadiendo veinte yardas más a su ya formidable actuación del cuarto pasado. Pero a pesar de nuestro fuego y ánimos renovados, los Gatos Salvajes solo han logrado llegar a la línea de treinta yardas cuando el reloj marca los últimos cuatro minutos con cuarenta y cinco segundos.

Sé que la patada es inevitable. Papá sabe que la patada es inevitable. Todos en el campo saben que la patada es inevitable, pero aun así aprieto las manos cuando los Gatos Salvajes se acomodan en la línea de *scrimmage*. Jasmine rebota en su asiento. Exhalo lentamente por la nariz. Ocurre el *snap* y el balón llega al *holder*.

El tiempo avanza en cámara lenta. El *holder* de los Gatos Salvajes se arrodilla y todos aguantamos la respiración. Me inclino hacia adelante y fuerzo la vista: ¡no tiene el balón en posición de patada! Está de cuclillas con la espalda hacia la defensa y el balón en el pecho. Oh, rayos.

El pateador corre hacia adelante, manteniendo la ilusión de que intentan hacer un gol de campo. Levanto la vista y por fin veo a Eric salirse del lado izquierdo de la línea, tan solo hay un Pionero siguiéndolo. Sí.

Pero… nuestro equipo no se atrevería a hacer esta táctica tan arriesgada con tanto en juego. No cuando podrían ganar más fácilmente con un gol de campo. ¿O sí? Papá nunca lo aprobaría. Pero entonces lo veo en el margen del campo y reconozco su cara de horror. El pateador finge golpear el balón y los Pioneros parecen perros confundidos, viendo hacia donde este debería volar, mientras el *holder* se pone de pie, cambia de dirección y arroja el balón directamente a las manos de Eric.

Eric lo atrapa. Qué belleza. Corre. Otro *touchdown*. La gente enloquece. Grito hasta quedarme sin voz. El reloj marca el final. Se acabó el juego. Ganamos.

Eric ganó el juego.

Fue un plan muy tonto, pero no habíamos ganado un juego contra los Pioneros en quince años y la gente probablemente seguirá hablando de esta jugada durante mucho tiempo.

Con el orgullo ardiendo en la mirada, observo cuando los otros chicos del equipo titular cargan a Eric, riéndose, y lo sacan del campo. Las porristas bailan para mantener esa magia que se siente entre la multitud.

—El estacionamiento va a ser una locura —grita Jasmine en medio de todo el ruido—. Voy a buscarnos aventón. Nos vemos frente a la cafetería en quince minutos, ¿okey?

Asiento y ella se aleja, atravesando la multitud de estudiantes con la misma facilidad con la que Eric atravesó la defensa de los Pioneros. Eric regresa al campo, buscando a alguien. ¿A mí? Siento un vuelco en el estómago al darme cuenta de que la estrella del partido me está buscando a *mí*.

Le hago señas y él se acerca antes de que yo pueda salir de las gradas. Me meto entre la gente para bajar al barandal. Eric sonríe y salta en su lugar, los ojos le brillan de la emoción por ganar después de haber arriesgado tanto.

—¡Estuviste increíble! —exclamo.

Ríe, avergonzado, y se pasa una mano por el cabello sudado; me doy cuenta, aunque no por primera vez, de cuánto ha crecido este último año. Siempre había medido más que él, pero ahora él es siete centímetros más alto que yo: un metro con setenta y cinco centímetros y sesenta y ocho kilos de puro músculo. Me da gusto que siga con su cabello largo. Hace que parezcamos hermanos... No, eso sería asqueroso. Más bien parece que sus rizos al hombro son una señal de que, sin importar cuánto tiempo pase con los deportistas, siempre estará del lado de los inadaptados.

—No tienes que fingir que te gusta el futbol —dice Eric—. Me da gusto que hayas venido.

—¡Es en serio! —le aseguro. Agito los brazos para enfatizar lo que digo y casi me caigo—. ¡Cuando atrapaste el pase! ¡Y luego hiciste lo otro! ¡Como *fua*! ¡Y ese giro estuvo genial!

—¿Sí, Morgan? —Escucho que dice mi papá. Bajo la mirada y lo descubro a unos cuantos metros, con una bolsa de equipo deportivo al hombro. Se ajusta los lentes de sol y me saluda agitando la mano—. Sigue en pie mi oferta si cambias de opinión. Me vendría bien una mente enfocada para ayudarme a dominar a estos impulsivos.

Casi me río, pero una parte loca de mí quiere aceptar, especialmente si esa es la única forma de pasar más tiempo con mi mejor amigo o de tener algo que hacer. El equipo representativo mantiene a Eric mucho más ocupado que la liga juvenil y Jasmine pasa cada tercer fin de semana con su papá. Eso me deja con muy poco que hacer.

Hay un límite de cuántas tomas atmosféricas y cuántos minidocumentales pueden filmarse en un lugar como Thebes. Además, mi presupuesto para cintas no es precisamente infinito. Tampoco puedo ver películas tanto como quisiera. Tenemos un servicio de internet muy lento y el único lugar para rentar videos con estacionamiento para bicicletas cerró en febrero. Fue sacado del mercado por una compañía que manda DVD por correo, lo cual no me sirve porque papá se rehúsa a usar su tarjeta de crédito en línea. Todavía hay un Blockbuster, pero está a cuatro horas, contando ida y vuelta. Ya leí todos los libros de historia de cine y de edición de la biblioteca local, aunque no son muchos, así como toda la obra de Stephen King. Eventualmente tuve que rogarle a la bibliotecaria para que me hiciera recomendaciones. Ahora tengo un nuevo libro favorito: *La mano izquierda de la oscuridad*. Pero obsesionarme con un libro no es equivalente a pasar tiempo con mi mejor amigo.

Así que por eso creo que podría decir que sí. Muero de aburrimiento y soledad.

Pero sé que jamás, nunca, ni en un millón de años, volvería a jugar futbol.

—Papá… —Suspiro, incapaz de decirle que no en voz alta. Agacho la cabeza y dejo que mi cabello me bloquee del resto del mundo, esperando que con eso entienda.

—¿Qué? Eras muy bueno. No me culpes por intentarlo… —se defiende. Está en modo entrenador, su tono es juguetón—. Puede ser tu regalo de cumpleaños para mí.

—No creo que funcione así, papá. —Intento reírme.

Se encoge de hombros y después se acerca para darle la mano a Eric.

—Muy buen trabajo, Eric.

—Gracias, entrenador Tyler —responde él.

Papá voltea a verme; por un momento está ansioso, intentando pensar en algo que decir ahora que la conversación sobre futbol se acabó. Al final sonríe y asiente, yo regreso el gesto. Sé que me quiere a su manera. No importa que le cueste demostrar su cariño.

—Bueno. Entonces… nos vemos después, Morgan.

No me llama «hijo», lo cual ya es ganancia. Tal vez, inconscientemente, se dio cuenta de lo infeliz que me hace esa palabra.

—Adiós —digo y me quito el pelo de la cara. Papá me sonríe y se aleja en dirección al gimnasio—. En fin —murmuro y regreso la mirada a Eric—. Jasmine me va a arrastrar a una fiesta hoy.

—En casa de Elena, ¿no? —adivina, mientras sus ojos viajan al final del campo y a la figura solitaria de mi papá bajo las luces del juego—. Escuché que iba a ser un premio de consolación, pero supongo que ahora es festejo. Creo que Nate y otros van a ir.

—Sí. Deberías venir. Esta victoria fue prácticamente tuya, amigo. Puede ser tu celebración de cumpleaños.

—Yo… —comienza a decirme. Hunde los hombros y me da la espalda—. No lo sé. Tengo entrenamiento mañana y el entrenador Tyler… digo, tu papá quiere que practique unas cosas. Debería ir a dormir.

—Vamos —insisto—. Es nuestro cumpleaños. —Los ojos de Eric se concentran en el patrón de su casco y escucho mi voz aguda y afeminada, algo que me hace sentir vergüenza inmediatamente—. No hemos ignorado nuestro cumpleaños desde que te dio varicela en tercero de primaria.

No levanta la vista, así que no puedo ver qué es lo que le pasa de repente.

—Me encantaría, pero no puedo —contesta. Sujeta el casco bajo el brazo y se obliga a sonreír hasta que levanta la vista hacia mí—. Hacemos algo este fin de semana. Te lo prometo.

—Claro. Entiendo. —Me agacho hasta tener los brazos sobre el barandal.

El resto del equipo por fin se da cuenta de que Eric se ha escabullido.

—¡Eric! ¡El jugador más valioso! —grita uno de los chicos.

—¡Eric! ¡Eric!

—¡Gatos Salvajes! ¡Gatos Salvajes! —vitorea otro.

Se precipitan hacia él y lo rodean en una pared de cuerpos musculosos. Eric sonríe tímidamente y se aleja de mí para dejarse llevar de vuelta al campo. Nuestra conversación indudablemente se acaba. Lo dejo ir sin intentar despedirme.

Mientras se alejan, Nate y Chud, unos chicos que van un año arriba de nosotros y que definitivamente crecen más rápido, me miran y ríen. Nate me lanza un beso y Chud hace un ademán, como si se masturbara. Les pinto dedo con las dos manos y, por un momento, ninguno se mueve. Voltean a ver si Eric está mirando y yo volteo a ver si papá está mirando. Para mi desgracia, ninguno de los dos está viendo esto. «Mierda».

Sin moros en la costa, Nate y Chud comienzan a subir las escaleras, rebasando a la gente con prisa por llegar al estacionamiento. Corro en la dirección opuesta; mis carreras diarias dan resultado, salto desde la quinta grada, aterrizo rodando por el pasto y desaparezco detrás de los baños, rezando haberlos perdido.

—¡Sigue corriendo, marica! —escucho que grita Chud.

—Vete a la mierda, idiota —digo en voz baja.

Suspiro con pesadez y siento cómo mi ritmo cardiaco se desacelera. Las paredes heladas de hormigón del baño me enfrían la nuca cuando giro la cabeza sobre ellas. Después de unos minutos, me asomo por la esquina y veo a Eric, guiado entre cánticos y palmadas en la espalda. Nunca se da la vuelta, no mira hacia atrás.

ERIC

—¿Waffle House? —pregunta mamá cuando nos estacionamos. Le lanza a papá una mirada cansada—. ¿En serio?

—¡Es tradición de Gatos Salvajes! —responde papá—. Cuando se vence a los Pioneros, se va a Waffle House. ¿Verdad, Eric?

Me encojo de hombros. El resto del equipo está yendo por pizza en este momento, pero ¿qué puedo hacer? Ya fue lo suficientemente vergonzoso que mi papá me sacara del grupo para que además me regañe frente a todos.

—La última vez que les ganamos fue un año antes de que yo naciera. Así que no lo sé.

—Pero ¿por qué esta sucursal, Carson? —No es buena señal que mamá use el nombre de papá en lugar de algún apodo como *cariño* o *amor*.

Estiro el cuello para ver por el parabrisas y mi buen humor, ya lastimado tras el viaje en coche, se evapora por completo al ver a Peyton, cansado y sudado, tras el mostrador, yendo de un lado a otro entre la parrilla y la waflera.

Todavía recuerdo cuando consiguió este trabajo una semana después de cumplir los dieciséis años, el encuentro a gritos que tuvo con papá por no haber querido tomar un trabajo de medio tiempo en su negocio. La manera en que Peyton le gritó que él ni siquiera tenía la necesidad de trabajar, pues a la familia le iba bien, pero, si tuviera que escoger un empleo, preferiría aplastarse el pene con la puerta de un auto que trabajar para su negocio. Todavía puedo escuchar las pisadas ruidosas seguidas de un golpe seco, un cuerpo que cae al piso, la respiración pesada de Peyton.

—A mí nadie me regaló nada —le espetó papá—. Nadie te obligó a arruinarte la rodilla. Hijo, te ofrecí trabajo en el concesionario como un favor a tu imbécil persona, pero me lo arrojaste en la cara como un ingrato. Esto es lo que pasa cuando eres un malagradecido. No vuelvas a pedirme nada nunca.

Peyton había trabajado en Waffle House desde entonces. Específicamente en *esta* Waffle House.

—Son hermanos —dice papá al tiempo que apaga el auto, un último modelo. Hace a un lado las preocupaciones de mamá como si se tratara de una nube de bichos y sale del vehículo. Nosotros, sus fieles sirvientes, lo seguimos. Mamá me lanza una mirada que podría ser de lástima o de disculpas. Me encojo de hombros.

—Seguramente Peyton quiere felicitarlo por el partido y desearle un feliz cumpleaños —asegura papá al abrir la puerta del restaurante. No la mantiene abierta para mamá, por lo que termina estrellándose en su cara. Ella sonríe débilmente y sigue caminando.

—Seguramente tienes razón —afirma mamá, pero su voz no tiene expresión y papá ni siquiera está escuchando.

Peyton nos ve en cuanto entramos. Se voltea para decirle algo a la señora mayor a cargo de la caja registradora, sus ojos demuestran un momentáneo tic nervioso, y frunce el entrecejo. Fuera de eso, no parece notar nuestra presencia.

Papá se sienta en una mesa contra el panel que divide la zona, cerca de la parrilla. Lo seguimos, mamá y yo de un lado y papá solo del otro lado. Nadie dice nada por un buen rato. Mamá revisa su labial en el apenas visible reflejo en su menú. Me masajeo el cuello en un intento por aliviarme un punto de tensión. Papá golpetea los dedos contra la mesa. Finalmente, la señora mayor se nos acerca con una sonrisa y una voz rasposa, como de un millón de cajetillas de cigarros.

—¡Buenas noches, amigos! ¿Ya saben lo que quieren comer o prefieren empezar con las bebi…?

—Él —interrumpe papá. Mamá y yo alzamos la mirada: está sonriendo plácidamente, con el dedo apuntando a Peyton. Mi hermano no voltea, pero noto cómo se tensan sus hombros y deja de hacer lo que estaba haciendo en la parrilla. Suena la carne sobre el sartén. Suena Dolly Parton en la rocola—. Queremos que él nos atienda.

—¿El joven Peyton? —Su sonrisa se hace más amplia, pero no llega a sus ojos—. Lo siento, hoy le toca trabajar en la parrilla. Con mucho gusto los…

—Te doy veinticinco dólares de propina —ofrece papá, lentamente, con calma—, si ignoras nuestra mesa y vigilas la parrilla un rato para que el chico nos atienda.

—Yo… —Cierra un ojo y muerde su pluma. Papá aspira ruidosamente. Antes de que la mujer tome una decisión, la mano de Peyton aparece en su hombro.

—Es solo una mesa, Dee —dice—. Es una noche tranquila, puedo con las dos cosas. Tómate un descanso para fumar.

—¿Seguro?

Él asiente. Ella sonríe y camina hacia la puerta, con cuidado de no cruzar miradas con papá.

—Bueno, solo díganme si necesitan algo. Aquí está este jovencito amable.

He escuchado que a Peyton lo llamen de muchas formas, pero nunca «jovencito amable». Pero bueno, viéndolo ahora, con la frente y el cuello brillando de sudor y un aura de fatiga alrededor de los ojos, parece más un adulto cansado y disciplinado que el bravucón con personalidad límite con el que crecí.

—Papá —saluda Peyton—. Mamá. Eric. ¿Qué hay?

—¿No te enteraste? —comienza papá.

—Llevo aquí toda la noche —explica Peyton.

—¡Les ganamos a los Pioneros!

—Vaya —dice Peyton. Bosteza y se cubre con el codo. Saca una libreta de notas de su cinturón y parpadea con lentitud—. Qué bien.

—¿No piensas felicitar a tu hermano? —pregunta papá.

—Carson… —interviene mamá, pero él le lanza una mirada de hielo.

—Felicidades, supongo —dice Peyton.

—Gra-gracias —contesto, odiando este sentimiento de ser un peón en uno de los juegos de papá.

—Además es tu cumpleaños. ¡Caray!

Asiento.

—Bueno, piensa en algo raro que le puedas poner a un wafle y te lo prepararé.

Nunca le había visto este lado detallista y no sé qué decir, así que solo sonrío y sigo asintiendo.

—¿Ya saben qué quieren tomar?

—Agua —contesto.

—Café descafeinado —dice papá.

—Jugo de naranja —responde mamá. Sus ojos encuentran los de papá—. Solo llena el vaso dos tercios, por favor. —Busca algo en su bolsa y veo una pequeña botella de vodka entre su cartera y sus llaves.

—Jenny —se queja papá.

—Carson —protesta ella. Levanta la barbilla, como retándolo a decir algo más. Un momento con potencial destructivo ocurre entre ellos, pero papá parpadea para evadirlo.

—Ahora lo traigo. —Peyton se retira para revisar la parrilla e ir por nuestros tragos.

—Bueno, Eric —empieza papá. Se inclina hacia el frente y entrelaza los dedos de las manos. La casi pelea con mamá quedó en el olvido—. Hoy hiciste un muy buen trabajo. Muy bueno. Pero creo que lo que puedes mejorar es…

Sigue hablando. Siempre está hablando y nosotros escuchando. Descanso la mirada sobre su hombro y dejo que mis ojos desenfoquen, solo asiento y digo «ajá», lo suficiente para que crea que le sigo el hilo.

Peyton trae nuestros platillos y comemos, fingiendo a duras penas ser una familia.

Las sábanas se enredan bajo mi cuerpo. No puedo dormir. Cada vez que cierro los ojos, recuerdo la cara de Morgan cuando me miró desde las gradas al terminar el juego, su cabellera larga y castaña meciéndose con el viento, los ojos brillando con expectativa solo para apagarse cuando le dije que no iría a la fiesta de Elena. Él tenía razón, por supuesto: desde que nacimos solo nos hemos separado en un cumpleaños por culpa de la varicela. Nos enojamos tanto con nuestros padres que hicimos un pacto de silencio que duró una semana.

Nadie sabe esto, pero hice la prueba para entrar al equipo de futbol porque quería pasar más tiempo en la banca. En la liga juvenil era lo suficientemente bueno (incluso cuando no estaba Morgan para hacerme lucir mejor) para que me metieran a cada juego. Ya estaba harto. En el equipo representativo junior esperaba solo hacer ejercicio con mis amigos un par de veces a la semana, adelantar la tarea en el campo de futbol los viernes y practicar secretamente acordes en la guitarra.

Me imaginé que sería menos estresante, pero entonces Terry Mack se lesionó, y el muy imbécil arruinó mis planes. Así que no me quedó otra opción más que ser receptor cada semana en lugar de soñar despierto en la banca. Encima de eso, tenía que entrenar extra para ponerme al nivel de los demás chicos. No mentí cuando le dije a Morgan que el entrenador Tyler quería que hiciera unas cosas mañana. Se enojaría mucho conmigo si llegaba cansado y desgastado.

Desde la cama, estiro el brazo en la oscuridad y meto un dedo a la segunda cuerda más chica de mi guitarra. Toco unas cuantas notas en si.

Jugar futbol hace que papá e Isaac me dejen en paz y noto que también hace feliz al papá de Morgan. Después de que Morgan dejó de jugar, todos esperaban que regresara; a veces siento que hago esto por los dos.

Por los dos.

Al menos Morgan vino al juego. Se veía mejor que de costumbre, lo cual es un alivio. Con mi triste horario de entrenamientos, rara vez nos vemos, y cada vez siento más esa presión en la nuca que me dice que Morgan me necesita. Jasmine me cae bien, la considero una amiga o al menos una cordial conocida, pero ¿conoce a Morgan desde hace catorce años? No. ¿Ha pasado todo con él, desde una rodilla raspada hasta la muerte de su madre? No. ¿Sabe realmente cuando Morgan está triste? Definitivamente no.

Suspiro, giro en la cama y me asomo por la ventana justo para ver una camioneta que se acerca entre las luces anaranjadas de la ciudad.

Tal vez no sea normal pensar tanto en Morgan. Mi mente se apresura a una vez que dormimos juntos, hace unas semanas. Él acababa de salir de bañarse y yo había entrado a mi cuarto sin saber que él seguía vistiéndose. Estaba de pie, dándome la espalda, y me congelé.

Veo las espaldas desnudas de otros chicos todo el tiempo en los vestidores, pero la suya era tan delgada y se veía tan suave, terminaba en unas caderas que se ensanchaban solo un poco y tenía el pelo largo y castaño pegado a la espalda entre los omóplatos. Por un momento, solo un momento, mi cerebro gritó que acababa de descubrir a una chica a medio vestir y cerré la puerta.

No tengo idea de qué deba pensar de eso. Probablemente mi cabeza está haciendo de las suyas y trae unos cables cruzados. Es que me preocupo mucho por él. Suena mi celular y lo abro con un quejido de molestia: es un mensaje de Isaac y uno de Morgan. No sé cómo no vi el primero. Abro el de Isaac: «¡Feliz cumpleaños, hermanito! ¡Supe que hoy acabaste con Dogwood! Perdí contra esos idiotas cuatro años seguidos y tú les ganas en tu primer año. ¡Mis respetos! Probablemente hay gente diciéndote que no dejes que esto se te suba a la cabeza. Al carajo. Nunca volverás a tener catorce años. Haz alguna locura».

De pronto quedarme en casa un viernes en la noche después de una gran victoria se siente muy patético. Puedo contar con Isaac para hacerme sentir como un bebé incluso cuando no está.

Abro el mensaje de Morgan y tengo que taparme la boca para no reírme en voz alta. Me mandó una foto de él y Jasmine en primer plano, las caras serias como la pareja de la pintura *Gótico estadounidense*, mientras en el fondo, una chica pixeleada se está cayendo del barril de cerveza, donde estaba de cabeza. Su rostro lleno de pánico se ve borroso y hay espuma por todas partes. El texto que acompaña la foto dice: «¡Ojalá estuvieras aquí!».

Eso me basta.

Salgo de la cama, tomo mis lentes, me pongo jeans y mi camiseta de Dinosaur Jr. Meto mi celular, un Razr, a mi bolsillo, me recojo el pelo, considero tomar mi guitarra, pero decido que no quiero ser «de esos». Salgo al pasillo, más allá del cuarto de mis papás. Técnicamente ya pasó mi hora de llegada, así que esto será complicado. Paso el antiguo cuarto de Isaac y toco la puerta de Peyton tan discretamente como puedo.

—Peyton —susurro. No me contesta después del primer golpe en la puerta así que toco un poco más fuerte, pendiente por si mamá o papá despiertan—. ¡Peyton!

—¿Qué? —Abre la puerta de golpe, con un gesto de sorpresa. Nos vemos cara a cara. Sigue sin acostumbrarse a verme de su estatura y pesando casi lo mismo que él. Huele a salchichas y harina—. ¿Qué estás haciendo? Creí que tenías que entrenar en la mañana.

—No voy a ir —murmuro. Peyton se ve impresionado. Antes salía más o al menos eso recuerdo, pero ahora, entre trabajar veinte horas a la semana y tener que poner atención en la escuela (nadie te ayuda si no eres del equipo), siempre está cansado—. Necesito tu ayuda.

—Recarga el codo en el marco de la puerta y me hace un ademán para que continúe—. Sé que te gusta molestarme, pero estamos en territorio de hermanos, y si no me ayudas ahora...

—Por Dios, ¿por qué tienes que ser tan dramático siempre? Ve al grano.

—Necesito que me prestes tu auto. —Normalmente no le pediría a Peyton algo tan loco, sobre todo después de lo que pasó en Waffle House. Sin embargo, en realidad es nuestro auto. Fue de Isaac antes de que se fuera a la universidad y ahora es de Peyton. Cuando él cumpla dieciocho y se vaya de la casa, será mío. Así que, en realidad, solo estoy haciendo uso de mi propiedad futura.

—Claro que no —dice Peyton, y se aleja como si yo oliera mal—. Tienes catorce años, idiota.

—Entonces llévame.

—Sí sabes que papá nos matará a ambos, ¿verdad?

—¡Digamos que es mi regalo de cumpleaños! —digo, desesperado.

Se frota la cara y suspira.

—Dame más detalles —exige.

Enderezo los hombros y levanto la frente.

—Es esa chica, Elena. Seguro la has visto. ¿Penúltimo año? ¿Bajita? ¿Con curvas? Es *su* fiesta para celebrar el partido. Y yo conozco a su prima.

Peyton levanta las cejas y se toca los labios, repentinamente intrigado.

—¿Te refieres a esa mexicana con la que siempre está tu amigo gay?

Quiero golpearlo en el cuello o al menos gritarle que Jasmine es de Dalton y que Morgan no es gay, pero debo escoger mis batallas, así que solo frunzo el entrecejo y asiento.

74

—No querrás ir por ella, ¿o sí? Claramente le gusta el gay mayor. De hermano a hermano, no te conviene meterte en ese triángulo amoroso.

—No me importa —contesto—. No es el caso. Habrá muchas chicas. Porristas.

Peyton respira profunda y lentamente, luego se encoge de hombros y suspira.

—Está bien. Pero más te vale que toques una teta o algo así.

Me molesta su comentario, pero intento que no se note.

—Sí, totalmente. Ese es el plan.

Después de un poco de acción propia del espionaje táctico (o sea, yo casi rompiéndome el cuello para bajar del techo de la casa mientras Peyton miraba su celular tras saltar ágilmente a pesar de su lesión en un ligamento de la rodilla, prueba de que sigue escapándose a menudo), nos vamos hacia el otro extremo del pueblo, entre la noche oscura y la luz anaranjada y parpadeante que cubre el teatro comunitario, el centro de la ciudad, mientras «Soul Survivor» de Young Jeezy suena y atraviesa el que de otro modo sería un silencio perfecto.

Muevo la cabeza y golpeteo la puerta del coche al ritmo de la canción, esforzándome para que Peyton piense que soy *cool* y que vale la pena todo este esfuerzo.

—Perdón, por cierto —digo, levantando la voz para que me escuche a pesar del viento y la música.

—¿Qué? —pregunta. Baja el volumen y voltea a verme.

—Por lo de hoy —aclaro—. En tu trabajo. No fue mi idea ir. Perdón por papá…

—No te disculpes por sus mierdas —espeta Peyton. Sus manos aprietan con fuerza el volante, haciendo que rechine el cuero artificial.

—Ya sé, pero…

—¿Te doy un consejo? De hermano a hermano. Deja de querer impresionarlo. Deja de querer complacerlo. A menos de que seas un hijo perfecto, como Isaac, no te gustará el precio. No todos pueden ser capitanes del equipo. No todos pueden ganarse una beca completa para la Universidad de Tennessee. No hay suficientes puestos de capitán ni becas en el mundo. Y si intentas competir en un mundo con tipos como Isaac, solo te vas a joder a ti mismo. Papá es cruel por obligarnos a hacerlo. Entre otras cosas.

—Ya... ya sé que puede ser pesado, pero él no te destruyó la rodilla. —«Tú dejaste de querer impresionarlo y mira a dónde te llevó», quiero añadir, pero me detengo.

—¿No? —insinúa Peyton—. Supongo que lo único que hizo fue gritarme cada noche por no ser titular y obligarme a levantar pesos con los que no podía. Me tengo que joder por haber sido un niño de catorce años que le hizo caso a su papá cuando este le dijo que había que escoger entre hacer sentadillas o comer ese fin de semana, ¿verdad? Me tengo que joder por no llevar todo al límite cuando me explotó la rodilla y él me dijo que «me aguantara».

Siempre me pregunté por qué su lesión era tan grave, por qué nunca parecía poder sanar por completo. Seguramente tendría que haberse sometido a cirugía.

—No lo sabía —confieso. La mirada se me cae al tablero y me cuesta mucho no mirar su pierna y el soporte que todavía usa a veces sobre la ropa.

—Para él es mejor si yo me veo como un estúpido. —Peyton se pasa la mano por el cabello y tuerce la boca—. Sé que no nos llevamos muy bien. Sé que puedo ser pesado. Pero... hazme caso en esto, ¿okey? No dejes que te coma vivo.

—Okey —digo—. Lo tendré en cuenta.

—Más te vale —advierte—. Y dile al homosexual que felicidades por salirse cuando todavía era posible.

No sé qué responder a eso, así que no digo nada. Me quedo sentado con las manos en el regazo, preguntándome qué otras cosas no sabré de mi familia y odiando las cosas que sí sé.

Las aceras limpias y bardas de madera se mezclan con las rejas de malla oxidadas y el concreto lleno de grietas. Los escaparates inmaculados de los bazares se combinan con los centros comerciales y las luces fluorescentes de las tiendas de conveniencia. La Tiendita de Mateo se ve oscura y vacía. Así ha estado desde que Mateo se lastimó la cadera y se mudó con su hijo mayor la primavera pasada. Dicen que hay planes de reabrir el negocio cuando se recupere, pero tengo meses sin verlo. Perros hambrientos de ninguna raza en particular, con los ojos perdidos, se sientan en medio de jardines sin pasto. Cada vez más casas rodantes reemplazan a las viviendas tradicionales. Brotan como hierba. ¿Cuándo se volvió tan difícil encontrar la belleza de este lugar?

Al final, nos detenemos en una calle que no reconozco y nos acercamos a una casa como de rancho, rodeada de muchos autos. Me doy cuenta de que nunca le dije a Peyton cómo llegar. Solo le dije que era casa de Elena.

—¿Cómo supiste…?

—Antes me invitaban a fiestas —aclara. No tengo que preguntarle por qué los del equipo ya no lo buscan. Fuera del favor de esta noche y la extraña plática fraternal, se ha comportado como un imbécil amargado y a la defensiva desde su lesión. Y, aunque odie admitirlo, ahora veo que ningún joven atleta, con todas las posibilidades del mundo, quiere un recordatorio constante, amargado y herido de todo lo que puede perder.

El patio de Elena está rodeado de un bosque de cerezos por tres lados. Suena Rihanna en el interior de la casa, tan fuerte que incluso ahoga el estéreo de Peyton. Hay chicos repartidos por todo el lugar, muchos entrando y saliendo, que desaparecen con las manos vacías y reaparecen con vasos rojos.

Peyton me lanza una sonrisa voraz.

—Disfrútalo mientras puedas, amiguito.

Trago saliva y me acomodo el pelo. Esta fiesta es más en serio de lo que pensé. Estoy algo preocupado: ¿en qué me acabo de meter?

—Gracias, hermano —digo, tratando de esconder el miedo—. En serio.

Levanto un puño. Lo choco con el suyo, fingimos una explosión y, con eso, quedo libre. Bajo del auto y Peyton se aleja, de regreso al camino de grava.

Decido primero buscar a Morgan adentro. Cuando abro la puerta de la entrada, unas quince personas voltean a verme. Comienzo a retroceder, pero entonces me sonríen y vitorean al reconocerme. Esta fiesta es para mí, o algo así, y sé que podría sentirme como la realeza en lugar de como un niño cuya hora de dormir ya pasó.

Me aclaro la garganta.

—¿Alguien ha visto a Morgan o a Jasmine? —pregunto. Algunos se encogen de hombros y otros regresan a lo que estaban haciendo—. Morgan es de primer año. Cabello largo. Como de esta altura. —Más encogimiento de hombros. ¿Por qué es tan bueno para pasar desapercibido?—. ¿Y Jasmine? Siempre trae labios pintados. Es prima de Elena.

—¿Alguien me habló? —Elena asoma la cabeza desde la cocina, su pelo se mece a la altura de su cintura. Me lanza una mirada extraña, aprieta sus labios rojos y a mí se me seca la boca.

—Estoy buscando a Morgan y a Jasmine —digo mientras intento pararme más recto y verme un poco mejor. Ella entrecierra los ojos como si intentara recordar algo.

—Estuvieron aquí hace un rato. Creo... espera. —Grita algo por la ventana trasera y eventualmente una voz masculina le contesta—. El aventón de Jasmine no se ha ido, y supongo que tu amiguito llegó en la bicicleta que sigue encadenada detrás de la cochera. Creo que los vi yendo al patio hace rato. ¡Suerte!

Sonríe y yo me despido con la mano, incómodo, antes de darle la vuelta a la casa para llegar a la fogata en el centro del patio trasero.

—¡Hola, Potter! —me llama una voz familiar. Levanto la mirada para encontrar a otros chicos del equipo junior y titulares alrededor de la fogata, específicamente a Nate y Chud. Parecen contentos de verme, pero bueno, hice que ganáramos el juego. Nate está en segundo año y siempre tiene a una porrista bajo el brazo. Si mi vida fuera una película de adolescentes, él sería el niño rico insoportable cuyo papá quiere cerrar el centro comunitario. Pero en lugar de eso, todos estamos en este pueblo apalache y no somos nadie. Nate vive en el mismo parque de remolques que Morgan. Chud es un poco más bajito que Nate, pero es muy pesado: kilos y kilos de músculo bajo una capa de grasa y una cabeza de piedra cubierta de acné.

Me dicen «Potter» porque llevé *Las reliquias de la muerte* a mi primer entrenamiento con el equipo y se me salió de la mochila. Así que ahora, sin importar todos mis logros, soy el pobre nerd que lee libros de magos.

—¡Atrápala!

—¿Qué? —Apenas noto una lata que viene disparada hacia mi cabeza y la agarro sin pensar. Entonces me doy cuenta de que es una cerveza. ¿Se supone que la deba abrir de inmediato? ¿Me quedo aquí y la tomo toda de un trago? No he vuelto a probarla desde mi cumpleaños pasado, con Isaac—. Eh… gracias.

—Ven, siéntate —indica Nate. Me detengo. Estoy pensando en Morgan, pero mi mirada cae al lado de Nate, donde está sentada Susan, una porrista de primer año. Me quedo viendo su cara en forma de corazón y sus pecas a la luz de la fogata. Me sonríe, hace un movimiento ligero con la mano y el estómago me da un vuelco. Debería seguir buscando a Morgan… aunque nunca he estado con las porristas.

Encuentro un lugar vacío en uno de los troncos al lado del *quarterback*, un pelirrojo de tercer año llamado Jason. Me da una palmada en el hombro y choca su cerveza con la mía. Abro la que tengo en la mano y la pruebo: es mucho más amarga que la Corona. No quiero acabármela, pero tampoco quiero verme mal, así que continúo dándole tragos mientras los chicos hablan del juego. Me dicen que nunca habían visto a un novato jugar como yo jugué esa noche. ¿Dónde estuve escondiendo esas jugadas?

—En la banca, principalmente. —Se carcajean, pero a mí no me parece tan gracioso.

—Si sigues así, quizá el próximo año lleguemos a la estatal —dice Chud.

—Eso es, eh… demasiada presión.

—¿Presión? —interroga Jason. Se frota la barbilla y sonríe—. Quizá *tú* ya olvidaste los últimos quince segundos del juego, pero *yo* no. —Le doy un trago largo a mi cerveza y me encojo de hombros. Jason me señala con un dedo y yo solo parpadeo—. Esa jugada fue inspiradora. Te haces el relajado, con tu pelo de surfista y esa forma lenta en la que hablas, como si solo quisieras sentarte, escuchar música y tocar esa guitarra con la que te he visto. Pero hay otra parte de ti a la que le encantan el caos y el conflicto. Tú, joven Eric, nunca obtendrás satisfacción de forma sencilla.

—Ah, ¿no?

—No. Dudo que llegues a ser feliz sin eso —continúa Jason.

—Está borracho —interviene Susan. Se acerca para hablarme en voz baja. Su brazo toca el mío y me sonrojo tanto que estar cerca de la fogata no podría ser excusa.

—*In vino veritas* —dice Jason. Por arriba de su cabeza pasa una lata vacía y él se ríe.

—Nadie sabe qué significa eso, ¡maldito nerd! —grita Nate.

Jason sigue hablando y dejo que me llene de halagos. Con ayuda del alcohol, que está haciendo efecto más rápido de lo que pensé, olvido a Morgan. El fuego me calienta el rostro y sonrío al tiempo que Susan me pasa otra cerveza.

MORGAN

—¡Auch!

—¡Lo siento! —exclamo.

Jasmine y yo avanzamos con dificultad unos cuantos pasos y volteo hacia atrás para ver las siluetas de un chico y una chica sobre el resplandor distante y naranja de la fogata, su ropa arrugada y sus sombrías caras molestas por la interrupción.

—Perdón. No los vimos.

—Por favor, hombre —susurra el chico y creo reconocerlo de mi clase de Álgebra.

El sistema de sonido empieza a hacer sonar a Justin Timberlake al tiempo que Jasmine me toma de la mano y nos adentramos más al bosque. Apenas llega un poco de luz de la fogata, solo la suficiente para distinguir el contorno de Jasmine y algunos detalles de su colorida vestimenta mientras se acomoda entre dos robles y da unos golpecitos al lugar a su lado para invitarme a sentarme ahí. Las primeras hojas caídas por el otoño crujen bajo mis pies al cruzar las piernas para acomodarme. El aire se siente líquido por la ola de calor.

—¿Cómo sabes de este lugar? —pregunto. Me recargo en el árbol y suelto una exhalación profunda—. Esto está bastante alejado ya.

—Elena y yo explorábamos este bosque cuando éramos niñas —explica. La escucho buscando algo en su bolsa—. No había cable, así que solo nos quedaba jugar con espadas de palos y empujar troncos de árboles muertos.

—¿Por qué empujaban troncos de árboles muertos? ¿Qué tiene eso de divertido?

—Hacían mucho ruido —se ríe—. También hay árboles en el borde sur del estacionamiento donde está tu remolque, así que de seguro tú y Eric también lo hacían.

—Nunca se nos ocurrió —confieso. Doblo las rodillas hacia mi pecho y juego con las rasgaduras de mi pantalón—. Además, nos mudamos a ese lugar hasta después de la muerte de mamá.

—Oh, por Dios. Lo siento —Jasmine se disculpa—. Lo olvidé… No era mi intención recordártelo. ¿Estás bien?

Me froto la frente y sacudo la cabeza; me sorprende la rapidez con la que puedo quitarme los malos sentimientos después de dos cervezas. Quizá debería beber más seguido.

—Está bien. Digo, me duele, pero está bien.

Hay silencio por unos momentos y eso me hace sentir bien. Sé que Jasmine quiere ser respetuosa y darme espacio para procesar mis sentimientos. Eric no haría lo mismo. Él siempre improvisa algunos chistes cuando empiezo a sentirme triste. Me hace reír hasta que me duele el estómago.

Sus últimas series de malos chistes incluyen sus despreocupadas y horribles opiniones en torno a mis películas favoritas. Las repite hasta que me río.

«Comencé a ver *El laberinto del fauno* el otro día, pero ¿por qué alguien querría leer una película? Después intenté con *La princesa Mononoke*, pero ¿puedes creer que es una caricatura? Como si me interesaran las caricaturas. ¡Y no me hagas acordarme de *El cuervo*! No tiene sentido incluir tanta violencia con un lenguaje tan grosero en una película».

Inevitablemente me altero y él se ríe, así que no tengo otra opción más que reírme con él. Pensar en su próxima mala interpretación de alguna película me hace sonreír.

En el silencio, Jasmine revuelve en su bolsa hasta encontrar lo que sea que está buscando. Cuando el viento empieza a soplar, separa las copas de los árboles y permite la entrada de la luz de la luna. Veo, en esa luz plateada, cómo separa los labios, con los ojos a medio cerrar, y vuelve a ponerse labial. Todo lo que eso involucra (sus labios, su espalda, su muslo asomándose debajo de la falda) me deja inmóvil. Me hace sentir como si se me revelara un mundo oculto y privado.

Pero luego me descubre mirándola y me siento como un venado frente a los faros de un auto. Mi rostro se sonroja de vergüenza, pero Jasmine sonríe y me doy cuenta de que quiere ser vista. Por un momento, dejo que mi mente divague y piense que quizá sí existen maneras de vivir que permitan que me vean como yo estoy viendo a Jasmine ahora mismo.

Se acerca y sube las piernas a mi regazo. Me toca el hombro. ¿Qué está haciendo? ¿Por qué tiene esa expresión en el rostro, como si acabara de resolver un misterio? Nunca nos hemos tocado así y siento la tensión en los hombros. Mis manos buscan equilibrio entre las hojas secas cuando ella pone el peso de su cuerpo sobre el mío.

—No tengas miedo, Morgan. —Se ríe y se acerca más.

Se me acelera el corazón y no sé si este es el deseo que debí haber sentido todo este tiempo, o si simplemente quiero salir corriendo. No sabía que el deseo podía parecerse tanto al pánico. Sus caderas se mueven hacia mí y sus dedos se acercan para quitarme un mechón de pelo de la cara. Trago saliva con dolor, tengo la boca seca.

—Te vi observándome —me dice—. ¿Crees que soy bonita?

Puedo oler la cerveza en su aliento, pero, más que eso, huelo su shampoo de mango, un poco de fresa en su labial...

Asiento. Jasmine deja su mano sobre mi hombro y me acaricia el cuello con sus dedos largos. Se acerca, separando los labios, respirando lenta y profundamente. ¿O soy yo quien respira así? Quién sabe. Algo me toca los dedos y primero los retraigo, pensando que es un bicho. Sin embargo, bajo la mirada y noto su otra mano sobre la mía, siento sus dedos entrelazados con los míos. Sus labios se presionan contra mis labios y, de repente, estoy teniendo mi primer beso.

Al principio no sentí nada, pero luego comencé a fantasear con que yo era Jasmine, me observaban a mí, yo irradiaba esos olores deliciosos y brillaba bajo la luz de la luna. De pronto, siento lo que creo que debería haber sentido todo este tiempo. Me acerco y pongo las manos sobre sus caderas. Ella me guía por debajo de su blusa, donde descubro sus costillas. Su piel es muy suave, así que imagino que es mi piel y que estoy besando a un chico. Me lo imagino pasando los dedos por mi cabello, me imagino pequeña entre sus brazos y lo suaves que estarían mi pecho y mis muslos. Me imagino su mano recorriendo mi espalda, un costado, tomando mi barbilla, apretando mi muslo. Imagino muchas cosas.

Y la fantasía continúa.

Pero el chico soy yo, cada día más alto, con hombros más anchos y con indicios de un bigote sobre el labio.

Me retraigo, mantengo los ojos bien cerrados.

—¿Qué pasa? —pregunta Jasmine.

Sacudo la cabeza.

—¿Hice algo mal? —Su voz suena como a adornos navideños rotos.

—No —logro decir. Escucho cómo tiembla mi voz. Me obligo a sonreír, pero no puedo abrir los ojos—. No, todo esto está... muy bien. Me encanta. Pero se hace tarde. Y, eh... —Mi cerebro se esfuerza como un generador en busca de una excusa—. Eric probablemente sigue despierto y debería pasar a saludarlo mientras sigue siendo nuestro cumpleaños.

Jasmine se me queda viendo largo rato. Siento que podría hundirme en el bosque y simplemente desaparecer. Pero luego sonríe y se golpea la frente.

—Qué suerte tengo —dice con suavidad. Me pregunto a qué se refiere, pero se le escapa una carcajada.

—¿Qué pasa?

Me mira con sincera diversión, sacude la cabeza y suspira.

—¡Claro! El primer chico que beso resulta ser gay.

Comienzo a protestar, pero entonces me jala para darme un abrazo, lo respondo y me pregunto si tiene razón. ¿Seré gay? ¿Será posible que todos estos sentimientos dolorosos y extraños que he tenido durante años... durante toda mi vida, se resuelvan así nada más? Gay. No es que no se me haya ocurrido antes, pero es diferente que alguien más lo diga. Incluso vi porno gay una vez que papá no estaba en casa, pero el video que encontré de dos hombres musculosos gruñendo y golpeándose solo me hizo sentir mal, lejano.

Simplemente no se siente bien, como una camiseta al revés o un radio mal sintonizado. Pensar en hombres nunca me ha dado una... nunca me ha excitado. Solo me he tocado en cuatro ocasiones y la verdad fueron... extrañas. No en el buen sentido. Tocarme significa pensar en todos los aspectos de mi anatomía, eso me revuelve el estómago. Pero nunca podría decírselo a Jasmine, así que solo me encojo de hombros.

—No creo ser gay. No sé...

—Está bien —dice Jasmine—. Mi tía Sofía dice que a ella le tomó tiempo entenderlo. —Se inclina hacia atrás y yo suelto el aire que tenía en el pecho.

—Okey, bueno, ya debería irme... no quiero fallarle a Eric, así que... —Comienzo a moverme para ponerme de pie.

—Dime la verdad —me dice con una sonrisa—. Te gusta Eric, ¿cierto? O más bien, ¿están juntos? ¿Algo así como un amor prohibido y secreto? Puedes contármelo.

—¿Qué? No, yo...

Pero mi mente viaja. Eric sin camiseta en la piscina. Eric entrando al cuarto con solo una toalla. Eric encima de mí aquella vez que me caí del árbol. Eric sonriéndome después del juego, con esa carita de niño guapo, incluso con toda la suciedad. El cuerpo de Eric, fuerte y cálido, junto al mío, en la cama, cada vez más difícil de ignorar. Estos pensamientos y más me llegaron e hicieron que mis neuronas encargadas del habla fallaran.

—No le diré a nadie —murmura—. Lo prometo.

Jasmine me observa con cuidado. Se equivoca, *tiene* que estar equivocada, pero... En realidad no sé qué decir, cómo decirle la verdad de lo que siento.

—No me queda claro —suspiro, cayendo en cuenta de que no ganaré esta pelea—. Solo... ¿podemos no hablar de esto? —Me paro, mis piernas tiemblan, me quito hojas muertas de los pantalones.

—Está bien —concede. Me aprieta la mano y caminamos de regreso a la casa. Jasmine debe darse cuenta de toda la tensión que siento porque choca su cadera contra la mía.

Llegamos al espacio abierto y, lo primero que veo, como si el universo se burlara de mí o me hiciera un favor o las dos cosas, es a Eric.

Eric está aquí.

Eric, quien se supone que no vendría a esta fiesta. Tiene un pie sobre un tronco, como un conquistador. Su pelo rubio y rizado se sale caóticamente del nudo en el que suele tenerlo. Lo veo, con sorpresa, acabarse una lata, con la barbilla arriba, mientras un grupo de deportistas y porristas canturrean para apoyarlo.

—Vaya, vaya, vaya —dice Jasmine. Me da un codazo en las costillas—. Mira quién está aquí.

La mano de Jasmine se suelta de la mía.

—Deberías acercarte. —Me dirige una sonrisita torcida y se aleja, en dirección a la casa. Sí, claro. De ninguna forma pienso acercarme. Lo único que detiene a estos idiotas de meterme la cara al lodo es que mi papá es su entrenador y que aquí hay muchos testigos. Suspiro y comienzo a alejarme de la fogata, con la cabeza baja. Jasmine me enseña un pulgar, como dándome su aprobación, y me guiña un ojo.

—¡Morgan! —grita Eric. Me congelo y levanto la mirada justo para verlo aventar una lata vacía al suelo y atravesar el patio en mi dirección. No sé si esquivarlo o alcanzarlo a la mitad, así que me río nerviosamente y abro los brazos. Choca contra mí como una especie de tren de carga particularmente delicado, pone sus brazos bajo mis axilas y me levanta, cargándome como a una muñeca de trapo—. ¡Feliz cumpleaños! —exclama.

No puedo evitar reírme primero, pero después me doy cuenta de la fuerza de sus brazos, su ligero olor a sudor y el hecho de que tengo las piernas colgando; noto que mi risa suena un poco entusiasta, que me estoy sonrojando y siento un cosquilleo en el cuello y... y...

Carajo. Quizá Jasmine tenga razón. ¿Tal vez sí soy gay?

Eric pierde el equilibrio y cae de espaldas, sin aliento, conmigo encima. Toco su pecho para asegurarme de que esté bien y vuelva a respirar; al hacerlo, mi pelo cae sobre nuestros rostros y nos impide ver al resto del mundo. Siento cómo sus piernas se mueven debajo de las mías y me doy cuenta de que las tenemos entrelazadas. Mientras más intento dejar de pensar en eso, más lo hago. Me pongo el cabello detrás de las orejas y algo en ese gesto llama su atención. Nuestras miradas se cruzan y no puedo evitar sentir con la palma de mi mano lo rápido que late su corazón.

—¡Gay! —grita alguien del otro lado del patio. Ni siquiera sé si me gritan a mí o a los dos, pero siento el rostro caliente y me pongo de pie.

—Levántate, amigo —digo mientras le ofrezco a Eric una mano.

Le cuesta levantarse. ¿Cuánto ha tomado?

—Vaya, sí, okey —balbucea Eric mientras se impulsa al frente.

—Vamos, cumpleañero —murmuro con dulzura. Lo llevo del hombro hacia la casa. Me propongo no fijarme en lo firme y fuerte que se siente su hombro en mis dedos, cómo sus músculos se retraen y se mueven mientras caminamos hacia la puerta—. Creo que deberíamos irnos a casa —logro decir.

—Sí, sí —asiente Eric y me sigue como un gatito.

Pasamos cerca del grupo de chicos sentados en la sala. A mí apenas y me dirigen una mirada, pero todos se despiden de Eric. Él les sonríe con dificultad.

Una vez que salimos por la puerta, caminamos al lugar donde dejé mi bicicleta. De repente agradezco haberme tardado tanto en reencontrarme con Jasmine en el estacionamiento de la escuela porque ella terminó perdiendo el aventón y yo terminé trayendo mi bicicleta, mientras Jasmine conseguía lugar en el coche de alguien más.

—¡Pijamada! —dice Eric—. ¡Hay que ver *El cuervo* otra vez!

—¿Estás bromeando? —pregunto—. Odias esa película.

—Sí, pero tú la amas y yo te amo a ti, hombre.

«Hombre». Ese *hombre* se siente… incorrecto, casi evasivo, pero la sonrisa de Eric dice otra cosa. No puedo hacer otra cosa sino sonreír tontamente mientras disfruto este lado bobo y perdedor de mi mejor amigo. Estoy enrollando la cadena de la bici en mi brazo cuando, de la nada, Eric estira el brazo, con la mirada seria, y pasa sus dedos por mi pelo. Siento una ola de calor que se me sube al cuello y a las mejillas. Se combina el horror con el placer: por la posibilidad de que alguien nos vea, porque no sé qué pueda significar esto, porque quién sabe qué otro desastre que no se me ha ocurrido pueda suceder. Fuera de eso, definitivamente se siente bien.

—¿Eh…? —balbuceo.

—Hojas —dice Eric. Da un paso hacia atrás y se tambalea un poco. Lo alcanzo para sostenerlo y termino tomándolo del pecho. Noto lo firme que es y mi rostro enrojece aún más—. Tenías hojas en el pelo.

—Ah —suspiro.

Solo hay una forma de deshacer toda esta rareza. Noto que tiene una mancha café en una mejilla, de cuando se cayó. Me mojo un poco el dedo con la boca y se la limpio. Suelta una pequeña risa, con una voz más adulta y grave de lo normal y se inclina hacia mí.

—Tenías… una mancha.

—Gracias. —Toma mi mano entre las suyas y se pone muy serio—. Eres muy buen amigo. Como… ¡guau! ¡Qué locura! ¿Ya te dije que te amo?

Está borracho. Está muy borracho. Necesito llevarlo a casa.

—Acabas de decírmelo. —A estas alturas, seguro mi cara brilla de emoción—. Pero no me lo decías desde que éramos niños. Nuestros papás nos lo prohibieron, ¿recuerdas?

—Pues —replica Eric al tiempo que da un pisotón—, eres mi mejor amigo y te amo.

—Yo también te amo —digo en voz baja.

Me subo a mi bicicleta y me doy la vuelta para mirarlo. Noto que no trae sus lentes.

—¿Dónde están tus lentes? —le pregunto.

Eric se toca la cara y se encoge de hombros. Me preocupo y eso me tranquiliza porque así puedo concentrarme en otra cosa además de mis nervios. Entonces recuerdo que su familia tiene mucho dinero y en su casa hay como un millón de pares de lentes.

—Bueno, está bien, vamos. —Me coloco para pedalear y doy palmadas al asiento de atrás. Me envuelve en sus brazos y detesto eso. Detesto que Jasmine tuviera un poco de razón, porque mi cuerpo reacciona a su cercanía. Me digo que solo estoy confundido. Tengo catorce años. Soy un manojo de nervios. Traigo las hormonas enloquecidas y mi cuerpo no sabe qué hacer en una situación así, excepto… en fin. En realidad es culpa de Jasmine. Ella me metió la idea en la cabeza y ahora mi tonto cerebro está echando a volar su imaginación. Sentir el pecho y el estómago de Eric contra mi espalda me hace sentir pequeño; y que me parta un rayo si esa idea no es adictiva: sentirse pequeño con alguien en quien confías. Tal vez... Digo, dormimos en la misma cama. ¿Pensará que es raro si algún día recargo mi espalda contra la suya al dormir? ¿Se acurrucaría conmigo mientras duerme? No tiene que significar otra cosa. Los amigos también pueden dormir abrazados, ¿no? Entonces Eric suelta un suspiro y siento su aliento cálido en mi cuello, no puedo evitar que eso me estremezca.

¿Estaría muy mal si fuera más que eso? Sacudo la cabeza. Yo también bebí un poco. Será mejor emprender el camino por ahora y pensar en todas estas cosas con la mente más despejada.

—Avísame si necesitas vomitar —le digo a Eric cuando comienzo a pedalear. Él le aúlla a la luna y salimos de la cochera hacia la calle.

Me río mientras el viento me revuelve el cabello; los dos aullamos juntos.

ERIC

Las luces de la calle y un letrero brillante de Krispy Kreme se tuercen y enrollan como serpientes luminosas. ¿Perdí mis lentes? Recuerdo que Susan me los pidió prestados y me preguntó si se veía bonita. Recuerdo haberle dicho que sí porque pensé que eso era lo que debía hacer, aunque en realidad no podía verla bien. Echo la cabeza hacia atrás y respiro profundo; huele a hule viejo, a hojas secas y a lo lejos a parrillada. Y aquí mismo, Morgan. Morgan, que huele a *Morgan*. Enfrente de mí. En mis brazos. Mi mejor amigo. Entierro la cara en la curva de su nuca y me río, sin una razón en particular, de lo gracioso que puede ser el mundo, de lo extraño que me parece que Morgan sea hombre.

«Qué raro que sea hombre».

Me pregunto si alguna vez lo ha pensado. Intento concentrarme en esa idea para separarla y examinarla. Sin embargo, siento el cerebro dormido, igual que la nariz y la punta de los dedos. Aun así, creo que esto es una revelación.

¿Quién hubiera pensado que la cerveza era tan buena? Levanto la cabeza y respiro profundamente este aire vigorizante. La mancha de los cielos se tuerce al tiempo que la bicicleta de Morgan da vuelta y mi respiración se convierte en hipo. Me percato de lo grande que es todo, de lo pequeños que somos nosotros y de que, entre el nacimiento de la primera estrella y el final de todo, este momento nunca se repetirá. Pensarlo me marea, así que rodeo el pecho de Morgan con más fuerza y presiono mi cara en su nuca, en su cabello castaño.

—Leí algo muy loco sobre *El cuervo* —dice Morgan. Ha sido su película favorita desde que encontramos un VHS viejo en la tienda McKay's de Knoxville. Se enamoró de ella de inmediato. Normalmente lo molesto con eso, pero esta vez solo quiero escucharlo.

—Cuéntame —le pido.

—Pues Eric Draven…

—¿Quién? —interrumpo.

—¡El personaje principal! Por Dios, hombre, la hemos visto tres veces.

—Pero nunca le he puesto atención —confieso—. Era una excusa para pasar tiempo contigo.

Se queda callado durante media calle y siento cómo cambia su postura bajo mis manos. Me inclino para verle la cara, pero verlo así, sin lentes, me recuerda una sensación que he tenido varias veces este último año. La idea de que lo he hecho sonrojarse o lo he abrumado (así como a las chicas les ocurre cuando les hacen un cumplido inesperado, así como se puso cuando jugué con su cabello hace unos minutos) me hace sentir una presión en el pecho.

—En fin —continúa—, Eric Draven es interpretado por Brandon Lee, el hijo de Bruce Lee.

—Ajá… —Siento que regresa un poco de mi equilibrio, así que me enderezo y extiendo los brazos. Agito las manos al sentir el viento.

94

—Pero se murió filmando la escena del tiroteo. Ya sabes, la de la bodega. Algo salió mal con las balas de salva.

—Uff, qué mal —digo, no muy concentrado en lo que me está contando, sino perdido en mis propios pensamientos—. Oye, eres superinteligente, qué increíble.

—Pero por eso la edición es tan rara en tantos... pedazos. Por eso se ve como de mala calidad.

—Ya veo. Creo que nunca me he fijado en la edición. Tú deberías ir a una escuela de cine o algo así.

—Lo he estado pensando —murmura—. Tal vez.

De repente, me imagino a Morgan en Nueva York o Los Ángeles, en alguna universidad elegante, escribiendo ensayos sobre este tipo de cosas, juntándose con chicos que se visten a la moda en una colina, profundizando en alguna película de una forma en la que yo nunca sería capaz. Lo imagino encajando ahí de una manera en la que nunca encaja aquí. Es como si pudiera verlo. Pero entonces, ¿eso significaría que me abandonaría? ¿La Universidad de Tennessee tiene escuela de cine? ¿Estaría dispuesto a ir ahí? Probablemente no.

Como este último año ha girado en torno al futbol, a duras penas puedo ver más allá del siguiente pase que atraparé. Pero digamos que me aceptan en una universidad y digamos que voy. Y digamos que Morgan no está conmigo. Solo pensarlo hace que se me encoja el estómago. Aun peor, ¿qué tal si me quedo en Thebes para siempre y Morgan se va? Doy un trago amargo e intento sacar el pensamiento de mi mente.

—No lo sé —dice. Pasamos la glorieta de la calle Lafayette, que está invadida de kudzu. Pasa otro momento largo. Agito los brazos, lentamente. Él respira hondo de nuevo.

—Jasmine me besó.

Las luces se retuercen y crean formas que no puedo reconocer. ¿Qué fue lo que dije que no debería olvidar? ¿Algo de que Morgan debería ser niña? Pero no lo es y eso es lo que importa. Y con una horrible y repugnante sacudida me doy cuenta de que quizá ese pensamiento, ese extraño pensamiento, es solo una forma pervertida e indirecta de desear estar con él para siempre. Si Morgan es hombre, que es la verdad, entonces eventualmente se conseguirá una novia y pasará más tiempo con ella que conmigo. Me los imagino besándose, con las manos por debajo de la camiseta del otro, pensando solo en el otro. Mi visión se desvanece.

Mi equilibrio finalmente falla y me voy de lado. De repente, mi único pensamiento es que tal vez la cerveza no sea tan genial después de todo.

Suelto el pecho de Morgan y caigo de la bicicleta. Mis brazos se golpean contra el asfalto y quedo bocarriba, mareado por las luces que giran, incapaz de moverme.

MORGAN

De repente, pedalear se vuelve tan fácil que salgo disparado unos metros hacia adelante, por lo que deslizo un pie en el piso, hasta dejar una marca de suela vieja en el asfalto. Me confundo un segundo, pero después escucho un golpe seco y un quejido.

Miro por encima de mi hombro a Eric en el piso, intentando voltearse para ponerse de pie. Dejo caer mi bici en la banqueta y corro hacia él. Qué tontería. Fue una tontería haberle contado lo del beso. No significó nada de todas formas. Además, ahora Jasmine cree que soy gay, así que fue menos que nada. Sin embargo, sentir su rostro en la nuca y escuchar todos esos cumplidos fue demasiado para mí. Me sentí como un gato al que le hacen demasiados cariños durante mucho tiempo pero, en lugar de morderlo, le lancé una bomba a mi mejor amigo borracho. Me corroe la culpa.

—¡Oye! ¡Oye! —Me detengo a su lado y caigo de rodillas—. Oye. Dios mío, ¿estás bien? Dime algo.

Eric no dice nada, solo gime y medio se sienta. Le detengo el cuello y los hombros y lo reviso, intentando recordar lo que me ha enseñado papá sobre las conmociones cerebrales. Pongo la cabeza de Eric en mi regazo y la inspecciono. Su cabello rubio me cubre las piernas y su cuello se siente pesado en mis muslos. Al parecer no está sangrando y nada se ve roto. Lo tomo como una buena señal.

—¿Estás bien? —pregunto de nuevo—. Mírame.

Eric arruga el gesto y abre los ojos. Nuestras miradas se conectan y aunque la suya está marcada por el dolor y el alcohol, nuestros ojos se encuentran y experimento una súbita corriente eléctrica entre los dos: es adulta y sutil, no tonta y juguetona, como la de antes. Ninguno de los dos puede dejar de ver al otro. Es como si el mundo se hubiera detenido y mi universo ahora solo se concentrara en este punto: en las luces del semáforo, en el asfalto tibio y en nosotros. Eric y yo.

Recordé algo en lo que no había pensado durante diez años. Estábamos en kínder y una niña se había metido en problemas por perseguir a varios niños para besarlos. Nosotros ni siquiera sabíamos qué era besar, solo sabíamos que era algo que los adultos hacían a veces. Eric y yo éramos muy pequeños y teníamos curiosidad, así que la siguiente ocasión que pasamos la noche juntos en su casa, cuando todas las luces ya estaban apagadas y no había adultos cerca para regañarnos, le pregunté a Eric si podía besarlo. Y nos besamos. Teníamos cuatro años, así que en realidad no sentimos nada; nos reímos, nos acurrucamos en la cama y nos dormimos.

¿Cómo pude haber olvidado eso? Ahora, viéndolo de frente, me parece una locura.

Mi corazón no deja de estrellarse con fuerza contra mis costillas. Siento que se me separan los labios y me imagino moviendo la boca como Jasmine lo hizo. ¿Eso fue hoy? ¿No fue hace un siglo?

Todo es un malentendido. Solo necesito moverme.

—Yo… eh… estoy… —comienza a decir Eric, pero el sonido de unas llantas hace que se detenga.

Se nos acerca una camioneta, me tenso y levanto la vista, entonces alguien baja una ventana y le baja el volumen a la canción de Garth Brooks.

—¿Todo bien, señorita? —me pregunta el hombre. No distingo su rostro en la oscuridad. Comienzo a decir algo, pero que me haya llamado señorita me pega en el esternón y me llena de luz. No me atrevo a dejar que escuche mi voz. Afortunadamente, Eric se incorpora hasta sentarse y levanta un pulgar. Sonrío y asiento para confirmar, eso parece dejarlo satisfecho. El hombre nos desea una linda noche y se va.

—Vaya —balbuceo. Empiezo a pasar un brazo por debajo del de Eric para levantarlo. No sé qué nos invadió, pero me alegra que nos hayan interrumpido. Me pone una mano en el hombro y sigo hablando para calmar mis nervios—. Eso estuvo raro, ¿no? Pensó que era una…

Pero la mano izquierda de Eric está en mi nuca y su mano derecha en mi cadera. En un respiro, nuestros ojos se encuentran; una luz anaranjada brilla en los suyos. No sé qué está pasando. Solo sé, vagamente, que Eric me está mirando como si me deseara, que esta vez no tenemos cinco años, que esta electricidad que siento en la espalda baja, en el estómago, en el cuello es un deseo que me corresponde sentir. Antes de poder procesarlo, Eric abre los labios y los acerca a los míos. Tiemblo y toco su pecho, esperando primero empujarlo, y después dejo de entender por qué haría eso, si su pecho es tan firme y sus labios tan suaves. Caigo sobre él como una gota de cera y me doy cuenta de que *así* es como debe sentirse un beso…

Pero...

Una imagen invade mi mente. Me veo como soy: un chico con el pelo ralo y ropa holgada, un chico con pelusa de durazno sobre el labio, un chico con más vellos en el pecho y en el estómago cada día. El estómago me da un vuelco y la imagen cambia: ahora es como el video que vi hace unos meses, dos hombres musculosos y con venas marcadas que rugen al tomarse. La bilis me sube por la garganta y retrocedo; me limpio los labios con la manga. Esto se siente mal, incluso con Eric. Sobre todo con Eric. Tiene los ojos bien abiertos, está confundido y herido. Sé que, en este momento, mi rostro se parece al suyo: juvenil e inseguro, preocupado porque todo está a punto de cambiar.

Hay unas cosas que tengo claras: no soy gay. No soy hetero. Quizá no me hicieron para conectar con otros humanos de esa forma, y no sé si algún día pueda hacerlo. Simplemente no funciono.

—¿Qué te pasa? —reclamo y los cambios en mi voz entre grave y aguda me parten el corazón.

ERIC

«¿Qué te pasa?».

Parpadeo varias veces y poco a poco me doy cuenta de lo que hice. El dolor y la repentina vergüenza me empujan a estar sobrio. Él se pone de pie, arruga la nariz y se mete las manos a los bolsillos.

—Yo… —Me masajeo las sienes y me pongo lentamente de pie. Mis rodillas amenazan con vencerse, pero me da vergüenza pedir ayuda—. Perdón, estoy borracho y… me confundí o algo así.

—Te confundiste —repite Morgan. Se sube de nuevo a su bicicleta—. ¿Eres gay o qué?

—No —contesto. Me tambaleo detrás de él y me siento desnudo, como si solo fuera un grupo de terminaciones nerviosas—. No sé. No sé. Me gustan las chicas y simplemente… sin mis lentes parecías… —Incluso en la luz tenue, puedo ver sus mejillas rojas una vez que lo alcanzo. Pienso en mis hermanos y en todas las mierdas homofóbicas que siempre dicen sobre Morgan. Que es muy «delicado» y cosas peores. Pero aquí está él y aquí estoy yo, y quizá yo sea el diferente. Pienso en todas las veces que lo vi de reojo, sin mis lentes, o en un momento de vulnerabilidad y cómo sentí un golpe de deseo en el pecho, el esfuerzo que hice por no pensar en eso. Pero... solo me pasa con Morgan. Morgan es pequeño, delgado y tiene el pelo largo. ¿Alguna vez he sentido lo mismo por Nate? ¿Chud? ¿Alguno de los chicos del equipo de futbol? Lo pienso bien, aunque mis ideas se encuentran inestables y borrosas, y decido que no, no siento eso por ellos—. No soy gay.

—Okey... —Morgan recoge su bicicleta y la lleva al lado. Se talla la nariz y se pone el gorro de la sudadera aunque estamos a más de veinte grados—. Yo tampoco.

—Podrías decírmelo. Es decir, si lo fueras —insinúo.

Mi mente regresa por un segundo a nuestro beso. Cómo se sintió tener sus labios sobre los míos. Me correspondió, aunque brevemente. Se sintió como si él lo deseara tanto como yo. Me regresó el beso. Pero ahora puedo percibir su barrera protectora, me está alejando. Me froto las costillas y hago un gesto de dolor al notar el moretón que se está formando. Me duele del lado que golpeó el piso, pero al menos el dolor me distrae de la vergüenza o la tensión, o lo que sea esto.

—Ya te dije que no lo soy —protesta. Sus ojos alcanzan los míos y sus labios, normalmente gruesos, ahora son una línea recta. Sus fosas nasales se inflaman y dejan salir una exhalación rápida. Después voltea a verme—. Ya sé que no soy *normal*. Créeme, lo sé. Pero si algún día descubro específicamente por qué soy así, te lo diré.

Quizá deba decirle, eso que pensé cuando iba detrás de él en la bici, que las cosas serían mejores si él fuera una chica, que no soporto pensar que nos enamoraremos de otras personas y nos alejaremos. La primera revelación me parecía perfecta e importante; la segunda, tan desesperante que me llevó a la sobriedad y, cuando estuve en el piso, mirando hacia arriba, supe que tenía que besarlo. Sentí que el universo me lo estaba diciendo.

Los sonidos de la noche se intensifican y le añaden textura al espacio entre nosotros: ranas, grillos y las últimas cigarras de la temporada. Sigo sin mis lentes. Solo veo esa silueta, borrosa y femenina, que parece tan indicada en él.

Inhalo, listo para volver a decirlo, esta vez mejor, con más claridad. Los ojos de Morgan se posan sobre los míos, a la expectativa, pero no puedo decírselo. Ya me comporté como un patán esta noche. No puedo perderlo. ¿Y si todo se vuelve raro? ¿Y si esta es la gota que derrama el vaso y entonces el último hilo que nos mantiene unidos se deshace? Dejo fluir mi respiración y decido simplemente encogerme de hombros.

—No creo que estés mal —digo finalmente. Me paso las manos por el rostro. Ya no quiero estar borracho ni ahora ni nunca—. Esto es muy raro. Perdóname. No vuelvo a beber. Tú y yo… ¿todo *cool*?

Morgan da otro paso hacia atrás y, por un momento, pienso que se acabó. Así empieza mi cumpleaños catorce y acaba nuestra amistad.

—Ninguno de los dos ha sido *cool* nunca —replica Morgan. Volteo a verlo y su sonrisa tímida crece y le abarca todo el rostro—. Pero seguimos siendo amigos, si a eso te refieres. —Las náuseas disminuyen un poco, pero entonces me señala con un dedo—. Solo amigos. Lo que significa que esta noche dormirás en el suelo.

—¿Y mañana podemos fingir que esto nunca pasó?

—Así es —asiente. Desvía la mirada del poste de luz y se masajea el puente de la nariz con su manga gastada—. Guardaré este recuerdo en una bodega enorme junto con todas las demás cosas que quiero olvidar. Mis mejores hombres trabajarán en el caso.

Un parte de mí siente alivio al escucharlo decir esas palabras. Pero, por otra parte, la que piensa que Thebes es hermoso a pesar de todo, grita porque enterrar este recuerdo sería como destruir una parte de nosotros. Pero no estoy seguro de tener opción.

—¿Podemos ver *Indiana Jones* en lugar de *El cuervo*? —pregunto.

Extiende el brazo y me golpea un hombro. No me duele, pero hago como que sí. Me guiña y saca la lengua.

—No exageres, cumpleañero.

QUINCE

MORGAN

Me encantaría que tuviéramos una tienda Sephora aquí o al menos una Ulta Beauty. Leí en internet que los empleados, por lo general, no tienen problemas para atender a gente como yo. «Gente como yo». Todavía intento descifrar lo que eso significa. Pero no, al parecer ninguna empresa vio oportunidad de ganancias en un pueblo que se está muriendo desde antes de que yo naciera, así que ahora estoy en medio de uno de los últimos Kmarts del país, fingiendo una fascinación sublime por la comida para gatos, cuando en realidad observo de reojo la sección de maquillaje.

Pude haber ido a Walmart, pero ahí hay más gente conocida. La mitad de sus empleados son mis compañeros de escuela o profesores que toman turnos en las noches o los fines de semana. Es el único lugar donde se puede trabajar por aquí, a menos que tu familia tenga una granja o gasolineras, o quieras dejar la escuela para trabajar en una planta procesadora de pollo. Digo, muchos chicos lo hacen. Hay muy pocos alumnos en los últimos dos años de la preparatoria Oak County en comparación con los primeros dos. En este lugar, graduarse de la preparatoria es un privilegio.

Afortunadamente, la única persona que deambula por los pasillos iluminados de Kmart es una señora mayor que no reconozco. Aun así, prefiero no arriesgarme. Quizá va a la misma iglesia que alguien de mi escuela. Tal vez es la tía de alguien. Es demasiado arriesgado. Toco el fajo de billetes y la carta de mamá que traigo en el bolsillo de la sudadera y siento cómo se me seca la boca.

Este año, mamá me escribió que usara este dinero para comprarme algo divertido. El problema es que ya no encuentro muchas cosas divertidas. Me cuesta recordar cuándo empezó esto, o si es algo que se ha ido acumulando durante mucho tiempo y en lo que intentaba no pensar. Pero este último año, y cada vez más a menudo, todo se siente... gris. Tal vez no gris. Mi banda favorita es Siouxsie and the Banshees y mi película favorita es *La ciudad de los niños perdidos*, así que supongo que lo gris puede ser divertido.

Más bien es como si todo se sintiera vacío, como si el mundo fuera un videojuego en el que escribes un código y descubres que en realidad no hay nada, que las paredes y los cuerpos están huecos. La verdad, paso la mayor parte de mi tiempo libre en la cama, viendo la pared. Incluso estar cerca de Eric se siente raro.

Después del beso, fue difícil mirarlo a los ojos por un tiempo, por más que intentamos hacernos los *cool*. Desde entonces, Eric y uno que otro chico (aunque casi siempre Eric) se cuelan en mis fantasías cuando menos lo espero, lo que resuelve la incógnita de si me gustan los chicos o las chicas. Pero yo no soy un chico en estas fantasías. Cuando intento visualizarme, todo se derrumba. Ahora sé, y lo tengo más claro que nunca, que yo debería ser mujer. O que sería más feliz siendo mujer. O que ya lo soy. Todavía no me queda muy claro.

Durante el verano Eric entrenaba constantemente y yo no tenía compañía, así que las cosas en mi cabeza empeoraron. No lo he visto mucho desde que comenzaron las clases. Eso debería ponerme triste, ¿no? Pero, extrañamente, siento que estoy hecho de papel burbuja por dentro y por fuera, con una pequeña tormenta eléctrica en el lugar donde debería estar mi corazón.

Creo que he hecho un buen trabajo en esconderles este vacío a papá y a Eric, pero debo admitir que tuvimos una pelea horrible en junio, cuando papá vio mi boleta de calificaciones y se dio cuenta de que básicamente estaba dando el mínimo esfuerzo (excepto por mi clase optativa de Edición de Video, la cual ni siquiera califican).

Fingir frente a Jasmine ha sido un poco más difícil, pero casi siempre ella es la que habla, así que el truco es asentir y hacer las preguntas correctas. Ha intentado preguntarme más cosas sobre si soy gay o no desde la fiesta del año pasado, pero cada vez que surge el tema siento un vacío más grande de lo normal y no puedo evitar pensar en su beso, y después en el beso de Eric, y lo enferma y rara que me parece esta situación. Sé que es muy ingrato de mi parte sentirme así, pero la forma en la que se emociona cada vez que saca el tema, como si yo fuera alguna novedad… No lo sé. No soy un proyecto, o al menos no soy su proyecto.

Sin embargo, sé que esto no puede seguir así para siempre, por eso estoy en un maldito Kmart. En el pasillo del maquillaje.

Mi plan es tomar el maquillaje, ponérmelo, mirarme en el espejo y ver qué pasa… saber si siento algo. Entonces tal vez pueda seguir adelante. Tal vez me diga algo que necesito saber.

«Puedo hacerlo», me repito, pero el miedo me come por dentro. ¿Y si alguien me ve? ¿Y si no me hace sentir mejor?

A pesar de lo que dijo mamá sobre usar este regalo para comprarme algo divertido, sé que debería gastar el dinero en un *software* para edición de video, libros sobre dirección, clases de actuación o algo así. Y aunque quiero perseguir el sueño del cine más que nunca, me dirigí sin pensar a este lugar una vez que tuve el dinero en las manos. En parte me dije que se trataba de una prueba: ¿podría comprar algo que me hiciera sentir algo?

Me obligo a concentrarme en los cosméticos frente a mí. Ni siquiera me molesto en ver las marcas. Delineador, rímel, una paleta de sombras y un paquete de brochas. Todo se ve bastante intercambiable, así que tomo los primeros productos que veo y los arrojo en mi bolsa de compras. El rubor me parece demasiado, no quiero parecer payaso, pero descubro uno de color durazno que luce bastante natural. Escojo una base cálida, aunque quién sabe si el tono me quedará. No es como si pudiera quedarme a probar varios tonos en la muñeca, como sugerían los tutoriales de YouTube.

Cuando dejo la base en la bolsa, me doy cuenta de que ya no me siento mal. Tal vez esté nervioso, pero tengo el estómago tranquilo y experimento una calidez en el cuello y en la espalda baja. Incluso siento adrenalina. Estoy analizando lo que me queda de presupuesto mientras me pruebo un brillo labial en la mano, cuando un par de tenis aparece en mi rango de visión. Me congelo.

—No estás robando, ¿o sí? —pregunta una chica. Aprieto tanto el pequeño cilindro de plástico que comienza a crujir. Mi mente me grita que corra, pero mi cuerpo se queda inmóvil—. La tienda ya está por quebrar y necesito este trabajo. Roba en Walgreens o algo así si es tanta tu desesperación, ¿okey?

—No estoy… —comienzo a decir. Quiero aclararle que pienso pagar por todo esto, pero la voz me sale ronca y bajita, y sigo sin poder levantar la mirada. Ella cambia los pies de posición.

—¡Oh! —exclama—. ¡Creí que eras una chica!

Se me tensan los hombros y volteo a verla. Mi corazón da un vuelco cuando me doy cuenta de que va en mi escuela, la reconozco de la clase de cine. Creo que se llama Kaleigh. Peor aún, cuando logro enfocar, descubro a tres de sus amigas del otro lado del pasillo, observándonos con risas mal disimuladas.

—¿Morgan? De la case con el señor Picket, ¿no?

—Eh… Sí —balbuceo.

Su expresión cambia a una que oscila entre la lástima y la diversión, y ladea la cabeza.

—¿Entonces no estás robando? —cuestiona Kaleigh inocentemente.

Sacudo la cabeza. Sus amigas se ríen en voz alta y yo me esfuerzo por mantener una expresión neutra. No es lo peor que me ha pasado este año, ni de cerca. Cuando Eric no almuerza conmigo, me llueven papas fritas, frituras, murmullos como «marica» y «come mierda». Si logro sentarme en una mesa de la cafetería sin que me metan el pie, tengo suerte. Así que opto por no comer o solo llevar un sándwich en la mochila.

Observo a las cuatro chicas de mi clase en el pasillo de maquillaje de Kmart como un *sheriff* antes de un duelo y me digo que me he enfrentado a cosas peores. Pero al mismo tiempo, siento que la parte más vulnerable y vergonzosa de mi ser está expuesta frente a ellas para que se burlen. Aprieto la bolsa de compras contra mi pecho y cruzo los brazos sobre mi corazón.

—No, no estoy robando —le digo a Kaleigh—. Pienso pagar todo. Para mi... chica. Para una chica.

—¿*Tú* tienes novia? —Se echa el pelo hacia atrás y pone cara reflexiva—. ¿Es la niña mexicana?

Quiero aventarle la bolsa y decirle que Jasmine tiene nombre y que nació en Georgia. Pero apenas puedo moverme.

—Siempre pensé que tú y ese futbolista rubio de lentes eran como novios.

Me retuerzo un poco. Eso me arde más de lo que quisiera. Me hace pensar que quizá nuestro beso del año pasado desencadenó algo más dentro de mí. En algunas de mis fantasías, somos adultos y vivimos juntos. Tal vez él es un músico famoso y yo lo acompaño en su gira. Sé que es tonto y, después de eso, siempre me siento como si hubiera hecho algo sucio, pero de repente odio a Kaleigh por tocar algo en mí que yo creía que nadie podía ver. Eric es intocable. Y yo... yo no soy nadie.

—No lo somos —aclaro. Siento la boca muy seca—. Y el maquillaje no es para mí.

—Okey, está bien —dice ella mientras se encoge de hombros. Doy unos pasos hacia atrás hasta que salgo del pasillo y prácticamente corro a la caja de autopago. Meto los billetes a la máquina con manos temblorosas, rezando para que los acepte y no tenga que pedirle ayuda a nadie. Mis súplicas son escuchadas, al menos esta vez, y salgo de la tienda tan rápido como puedo sin correr. Los frascos de maquillaje chocan y tintinean en mi bolsa como si fueran joyas de mucho valor.

El sol se asoma entre una capa de nubes grises mientras me subo a la bicicleta. Una vez que la sangre comienza a bombearme por el cuerpo y estoy sobre la calle, las risas de las chicas me parecen muy lejanas, solo una herida más entre otras cien que ya cicatrizaron. No importa. Difícilmente las recordaré mañana.

Ajusto las asas de mi mochila para asegurarme de que el maquillaje esté a salvo. Después tomo una calle lateral; no me siento particularmente alegre, pero al menos me consuela saber que por fin estoy haciendo *algo*.

ERIC

Mi espalda y pecho están empapados en sudor cuando llego a los vestidores después del entrenamiento. Por suerte, las regaderas están vacías cuando entro, sin aliento y con las piernas temblorosas. Sin embargo, el aire aún se siente espeso, debido a la humedad y a la sudoración pegajosa.

Reviso mi teléfono y no veo ningún mensaje de Morgan; me parece raro porque se supone que estaríamos juntos hoy, en nuestro cumpleaños.

Abro la llave del agua fría y me meto a la regadera. Después del golpe inicial, un escalofrío recorre mis músculos y relaja todos los nudos y torceduras.

Me gusta cantar mientras me baño; la acústica que se hace con los azulejos es buena, y ya que casi no toco la guitarra, este es mi único momento para hacerlo. Canto «Sing Me Spanish Techno», de The New Pornographers, una canción de su álbum *Twin Cinema*, el último disco que compré antes de perder el interés por la música. Estoy en el verso sobre escuchar demasiado una canción, cuando levanto las manos para lavarme el pelo y, no por primera vez, considero cortármelo un poco. Está tan largo que el casco comienza a quedarme extraño, pero es uno de mis pequeños actos de rebeldía contra papá, sobre todo ahora que soy su futbolista prodigio de quince años.

Quizá las cosas estarían mejor si Peyton no se hubiera ido de repente. Se enamoró de una chica nómada que recorría el país en trenes de carga y que había pasado por el pueblo camino al festival Bonnaroo. Él abandonó la preparatoria a un año de terminarla para irse con ella y desde entonces no nos ha contactado, ni siquiera a Isaac; papá dejó muy claro que mi hermano no sería bienvenido en su casa bajo ninguna circunstancia.

Ahora la mirada de papá está sobre mí veinticuatro horas al día, los siete días de la semana, cuidando que lo que dañó a Peyton no florezca también en mí. Ni siquiera tuve el apoyo de Isaac en verano. Al parecer, quería estirar las alas antes de su último año de universidad, así que se consiguió un departamento en Knoxville. Le pregunté si podía visitarlo en junio, solo para escapar de los ojos de halcón de papá por un fin de semana, pero Isaac se quejó amargamente sobre lo que gastaría en gasolina para venir a recogerme. Sé reconocer cuando no soy bienvenido.

Por lo general, pasaba el verano pegado a Morgan, pero... bueno, las cosas no han estado muy bien entre nosotros, así que no me sorprende que no me haya mandado ningún mensaje hasta ahora. Cuando nos vemos, pasa cada vez más tiempo con la mirada perdida y las rodillas dobladas, pegadas al pecho. Siento que debería presionarlo para que me diga qué pasa, pero ¿cuándo ha funcionado esa técnica con él? A estas alturas, me lo contará cuando quiera contármelo, ¿no?

La presión del agua se agota. Con un suspiro, finalizo la canción antes, me apresuro a terminar de bañarme y me visto.

Cuando salgo del gimnasio, Nate y Chud corren hacia mí desde el estacionamiento. Chud incrementó su masa este año, así que se convirtió en un muro de carne sin bordes redondos, el *linebacker* perfecto.

—¡Feliz cumpleaños, marica! —exclama Chud al tiempo que me sostiene la cabeza en una llave y me despeina. La palabra me golpea como un batazo a la cara. Cada vez que gritan que algo es de gays o que soy un marica, me da pánico. Recuerdo lo que pasó hace un año, aquel beso en la calle, entonces aprieto los ojos, lleno mi mente de estática y ahuyento esos sentimientos. Solo me han gustado las mujeres, a excepción de Morgan. Estaba borracho. No soy gay.

—Vete a la mierda —le digo a Chud, aunque río mientras me zafo y lo golpeo en la nuca.

—No creíste que lo habíamos olvidado, ¿o sí? —dice Nate mientras juega con las llaves de su auto con una mano y con la otra sostiene su mochila de gimnasio sobre su hombro—. Estas piernas nos llevaron a la estatal. Cómo vamos a olvidar su cumpleaños.

—Vaya —murmuro. Me trueno la espalda y sonrío—. No sabía que tenían sentimientos tan profundos.

—No lo hagas incómodo —se queja Chud, pero Nate solo nos da su sonrisa ganadora, sacude la cabeza y deja caer su mochila al piso. La abre y saca seis cervezas Budweiser y una revista enrollada.

—¡Toma! —Nate me lanza la revista. Tiene una liga de hule para que no se abra, pero cuando la tomo y la examino, puedo leer que dice *Penthouse* en la portada. Una mirada más detenida revela que está desgastada, enroscada de las orillas, y la mujer en el frente tiene una cabellera enorme, ochentera, y un maquillaje tan exagerado que me hace pensar, de entre todas las cosas, en los viejos álbumes de fotos de mis abuelos. Siento que me voy a sonrojar, pero lo impido con una tos.

Nate me da unas palmadas en el hombro y dice solemnemente:

—Solo no pienses en nosotros cuando te la jales, ¿okey? —Entonces me da un abrazo a medias—. Esta noche habrá otro *six-pack* para ti en casa de Connor. Así que guarda esto para después.

—Si puedo, iré —aseguro, esperando no sonar malagradecido. Morgan debe ser prioridad en nuestro cumpleaños, pero también debió haber contestado mi mensaje.

—Tendrás que deshacerte de tu mascotita gay, por supuesto —sentencia Nate. Mis dedos se cierran con fuerza alrededor de la revista. Todo en mi cuerpo me grita que le responda «No lo llames así», pero no puedo hacerlo a menos que quiera convertirme en su guardaespaldas de tiempo completo. Defenderlo probablemente empeoraría todo. Y ya tengo suficientes cosas en casa que dependen de que yo siga siendo el chico perfecto, así que no me arriesgaré a arruinarlo—. ¿O planearon una cita romántica?

—¿Celoso? —insinúo, aunque me doy cuenta de que no he sabido nada de Morgan.

—Ya quisieras —responde Nate—. Hablando de eso, creo que Susan te está buscando, dice que tiene un regalo para ti. Juega bien tus cartas y tal vez pierdas tu virginidad.

—Qué asco. —Después me doy cuenta de que seguramente pensará que me da asco la idea de tener sexo con una chica.

—Sabía que eras gay —dice Chud.

—Vete al diablo.

—Niñas, niñas —interviene Nate y levanta las manos como para separarnos—. No hay que pelear, ¿de acuerdo?

Guarden esa energía para la fiesta en casa de Connor. En fin. Eric, tenemos que irnos. Lugares que visitar y gente que penetrar, ya sabes cómo es esto.

—Claro. Gracias por esto.

Chud me hace un ademán, como si estuviera masturbándose, supongo que refiriéndose a la revista que ahora sostengo, en pleno estacionamiento de la escuela. Me pregunto a qué academia de modales habrá ido antes de terminar aquí, y me despido con la mano.

Guardo la revista en mi mochila y camino hacia mi bicicleta. Canto un poco en voz baja, esperando que nadie me oiga. Estoy tan cansado del entrenamiento que casi choco con Susan cuando doy vuelta en la esquina para tomar la ciclovía.

—¡Bu! —exclama. Salta hacia adelante y yo me tambaleo hacia atrás unos cuantos pasos. Susan es alta y delgada, la más alta de las porristas. Tiene una cara hecha de líneas largas y curvas, y una boca que parece siempre estar hacia arriba, como si estuviera pensando qué decir, sin estar muy segura. Lleva una cola de caballo larga y negra que le cuelga por la espalda como un listón que se mueve conforme ella se contonea y me sonríe, con las manos escondidas detrás.

—¡Susan! —Suelto la mochila y la escondo detrás de mí, como si ella fuera capaz de detectar lo que lleva dentro.

—¡Yo! —responde ella. Se recarga contra la pared, luce juguetona. Siempre es buena noticia que una chica se vea así, al menos eso creo. Y a Susan le queda bien esto de ser juguetona. Hemos coqueteado casi todo este año, pero las chicas siguen siendo un misterio para mí y no tengo idea de cómo avanzar—. ¿Qué tal el entrenamiento?

—Eh… —balbuceo. Qué encantador—. ¿Bien? Estuvo bien. El entrenador Tyler dice que quizá pueda ser titular el próximo año…

—¿Cuándo pensabas decirme que hoy era tu cumpleaños? —interrumpe, acercándose; su expresión juguetona cambia a malvada.

—¿Nunca? —digo y encojo los hombros—. No me gustan las cosas de cumpleaños. —A menos que incluyan a Morgan, pero cada vez que admito eso en voz alta, suena un poco a que quiero cometer suicidio social.

—Pues ¡qué lástima! —se lamenta, moviendo el cabello de un lado a otro y blandiendo un pastelito cubierto de betún morado y rojo y una vela con el número quince encima.

—¡Guau! —Retrocedo un paso y me río. La vela está encendida—. ¿Cómo es que no te quemaste?

—Una chica debe tener sus secretos —insinúa—. ¡Sopla! —Lo hago mientras ella canta «Feliz Cumpleaños»; me parece tan lindo que me sonrojo y agradezco que mis amigos no están y que la escuela está casi desierta.

—Susan. Gracias. Muchas gracias. Ahora… ¿me lo como?

—No lo puedes llevar hasta tu casa en bicicleta.

—Es cierto —coincido. Ella se ríe y yo sonrío. Desenvuelvo el pastelito, tiro el papel al bote de basura más cercano y le doy una mordida—. ¿Tú lo hiciste? —intento decir, pero tengo la boca tan llena que solo balbuceo y escupo migajas.

—¡Sip! —De alguna forma, me entendió—. Y te tengo otro regalo cuando te acabes ese.

—Susan —digo mientras quito la vela, la lamo y la guardo en mi bolsillo; no la voy a tirar enfrente de ella—. Qué locura. —Tenemos Geometría, Química y Literatura juntos, y nos sentamos uno al lado del otro en las tres materias. Ella me ayuda en Ciencias y Matemáticas y yo le ayudo en Literatura. Susan me hace reír todo el tiempo; además, el futbol americano y las porristas van de la mano, así que quizá no debería estar tan sorprendido de que seamos así de cercanos, pero sí lo estoy.

—¿Listo para tu siguiente regalo?

—Claro. —Me recargo con una mano en la pared con la esperanza de verme *cool*. Ella da un paso al frente y me da un beso en la mejilla.

Susan está roja y retrocede un paso, pero su voz sigue demostrando valentía cuando me dice:

—¿Te veo hoy en casa de Connor?

La observo, sintiéndome distante de todo, mientras se quita un mechón de cabello de la cara y se muerde el labio. Los planes nebulosos con Morgan se evaporan en un instante.

—Claro. Ahí te veo.

MORGAN

Me doy unos golpecitos en la cara como explicaba la chica del video de YouTube y me paro frente al espejo del baño con los ojos cerrados.

Admito que este plan me aterroriza. ¿Qué pasa si me veo y me gusto? ¿Qué pasa si lo que veo me hace feliz? O también… ¿qué pasa si me pongo el maquillaje y todo permanece igual y sigo queriendo desaparecer? ¿Y si no hay salida de esto y nunca la habrá? ¿Qué pasa si, cuando me muera, me entierran de traje y corbata?

Para hacer esto correctamente debo mirarme muy bien en el espejo. Llevo el pelo recogido en una cola de caballo, lo que significa que no tengo nada para disimular la forma de mi cara. Inhalo, inhalo otra vez y abro los ojos.

Un chico triste me regresa la mirada. Intento ser objetivo al juzgar su apariencia porque quiero que este ejercicio sea lo más científico posible. Tiene buenos pómulos, labios gruesos, ojos grandes y una linda piel apiñonada sin muchas imperfecciones, pero su nariz es demasiado grande y con punta redonda. Le sale una ligera sombra de vello por encima del labio y en los bordes de la mandíbula. Tiene unos círculos negros debajo de los ojos por no dormir nunca, y su frente es demasiado amplia. Parece que tiene entradas. ¿O eso ya lo estoy imaginando? Sus cejas están demasiado pobladas. Podría ser peor. Este niño que me mira apenas califica como un chico. Es bastante andrógino. Peligrosamente delgado si le preguntamos a su abuela. Y las clavículas sobresalen bastante. Quién sabe cuánto le quede antes de que la pubertad arruine todo. De solo pensarlo, el estómago me da un vuelco.

Okey, ya completé el primer paso del experimento, la inspección. Respiro. Mis hombros suben y bajan. Tengo tiempo de hacer esto sin desesperarme. Papá estará en el entrenamiento una hora más y después seguramente se quedará un rato con el entrenador asistente.

Mi teléfono vibra y veo un nuevo mensaje de Eric: una cancelación insípida de nuestros planes. Pero está bien porque yo también iba a cancelar. Necesito hacer esto.

Vuelvo a leer las notas que tomé a mano cuando vi los tutoriales de maquillaje en la escuela. Paso uno: lávate la cara y sécala con golpecitos. Listo. Paso dos: aplica el *primer*. Busco en la bolsa de Kmart y resoplo con molestia al darme cuenta de que olvidé el *primer*. No creo que pase nada, ¿o sí? Paso tres: aplica la base. Me toma como un minuto quitarle el plástico y, cuando lo logro, me mancho accidentalmente la camiseta, pero después de un minuto o dos tengo un montoncito de base en el dorso de la mano izquierda y parece que todo está listo. Sigo los movimientos de la mujer del video de YouTube o al menos lo que recuerdo, me pongo una buena cantidad de base y después la difumino desde el centro de mi rostro con movimientos circulares y grandes. Al principio siento que esto es una tontería y hasta me pregunto si lo estoy haciendo mal, pero entonces la pintura se funde con mi piel y me quedo sin aliento.

Parezco una chica. O, más bien, comienzo a lucir como una chica. Ahora mismo me asemejo más a una mujer fantasma, pero eso es suficiente para causarme un cosquilleo en el cuello y que se me relajen los músculos, de una forma que hasta me parece ajena. Doy un paso hacia atrás y me miro. La ligera sombra de vello facial desapareció. Los ángulos duros de mi nariz se han suavizado. Los círculos oscuros en mis ojos siguen ahí, pero se ven más luminosos. Sonrío y me doy cuenta de que no lo había hecho en meses, probablemente, y de que mi sonrisa es linda, tímida y nerviosa. Ahora sigue la sombra. Para aplicarla, copio el ejemplo que viene en la parte trasera del pequeño estuche de plástico. Nada muy elaborado, solo combiné el color canela con café y un toque de brillo dorado. Quiero parecer una chica de mi edad, no una prostituta ni una *drag queen*. No es que tenga algo de malo ser cualquiera de las dos, supongo, es solo que… yo no soy así.

Una parte de mí comienza a planear el siguiente viaje a la tienda para comprar un labial negro y sombra gris para intentar un *verdadero* estilo gótico. Me emociono tanto que ni siquiera noto lo incómodo que se siente tallarme los párpados con estas brochas. El delineador es aún peor. Las líneas me quedan torcidas y definitivamente no me sale el delineado de gato todavía, pero de todas formas mis ojos se ven más grandes y eso está bien.

La chica de YouTube recomendaba usar un rizador de pestañas, pero decidí no hacerlo porque esas cosas parecían aparatos medievales de tortura. Además tengo muchas pestañas. Intento no parpadear tanto cuando me pongo el rímel. Luego sigue el rubor, que es un poco difícil porque esta chica me dice que sonría y marque una U debajo de mis pómulos. Opto por solo frotármelo en el rostro y esperar que todo salga bien. Es tan sutil que al final se ve bien.

La experiencia me deslumbra, pero intento concentrarme en mi rostro transformado. Quiero tener una idea de cómo me vería, una idea real y objetiva, como cuando me revisé hace rato, pero mis ojos no enfocan. Me tiemblan las manos y siento los dedos entumecidos. Tengo que apoyar el codo para ponerme brillo labial. Me quito el exceso con el dorso de la mano, muevo los labios para distribuirlo, doy un paso atrás y dejo que mis ojos absorban todo mi reflejo.

Ahí está.

Me toco la mandíbula y ella se toca la suya. Observo cómo sus labios se separan asombrados y, por primera vez en mucho tiempo, no tiene el ceño fruncido. Ella parpadea lentamente. Yo parpadeo lentamente. Porque ella soy yo.

No puedo dejar de observar. En un punto, el cuello de mi raída camiseta de segunda mano se resbala por mi hombro. Un mechón de pelo me cae sobre el rostro. Una chica que podría ser mi hermana me regresa la mirada; ni siquiera es que haya hecho un gran trabajo con el maquillaje, porque no fue así, pero ella está ahí.

Siento una ola de vértigo cuando me doy cuenta de que esto es crear el enlace entre yo-cuerpo y yo-misma. Al menos es el comienzo. Me siento como si estuviera en medio del mar, con las olas estrellándose en mis oídos, la espuma cálida elevándose para envolverme. Me sostengo el estómago con los brazos y exhalo profundo. Eso es todo. Me siento *limpia* por primera vez en años. Me siento…

Quién sabe qué epifanía estaba a punto de alcanzar, pero se cae a pedazos cuando escucho que la puerta de la entrada se abre y los pasos pesados de papá recorren el pasillo. De todos los días que podía escoger para regresar a casa temprano, por supuesto que eligió hoy. Me pongo de pie rápidamente, intentando esconder todo el maquillaje, pero lo único que logro es que se me caigan los productos al piso. Pateo lo visible hacia atrás del escusado. Estoy hiperventilando y me cuesta pensar. Tengo que lavarme la cara. *Tengo que lavarme la cara.*

«Mierda. Mierda. Mierda».

—¿Oye, hijo? —llama papá. Lo escucho entretenerse en algún lugar entre la entrada y la cocina—. ¿Estás aquí? Salí antes del entrenamiento para que tuviéramos tu cena de cumpleaños. Todavía te gusta la comida china, ¿verdad?

—¡Sí! —respondo. Mi voz se quiebra, demostrando cuánto me ha cambiado últimamente: otro acto de traición—. Sí, sí. Está bien. Baño. Eh… —Abro la llave del agua caliente y tomo una toalla—. Un minuto. Salgo en un minuto.

—Tómate tu tiempo. ¡Te tengo una sorpresa!

Me conformo con el jabón para la cara, pero aunque tallo con tanta fuerza y me duele el rostro, lo único que logro es mancharme. Parpadeo para sacarme el agua de los ojos y levanto la mirada para encontrarme a un mapache lleno de pánico mirándome desde el espejo. Toallitas desmaquillantes. Se suponía que debía comprar esas malditas toallitas. Y claro que hoy papá llegó temprano a casa. Es mi cumpleaños. ¿Cómo pude ser tan idiota? Pero es que soy una persona descompuesta y estúpida, así que no es ninguna sorpresa. Todo está a punto de arruinarse. ¿Y todo por qué? ¿Por esta enfermedad mental? ¿Este fetiche? ¿Este… lo que sea?

Golpeo el lavabo con la parte baja de la palma de la mano y siento una inyección de dolor que me llega al codo. Grito por la frustración y con eso me rompo. La agitada tormenta en mi pecho sale a relucir: siempre está activa, apenas escondida bajo una capa de adormecimiento. Me sostengo de los costados del lavabo y siento mi respiración acalorada y entrecortada.

Mis labios se separan y emito un grito gutural. Abro los ojos, solo para encontrarme con mi reflejo, que me mira de regreso. Este *asqueroso* cuerpo de nuevo, siempre y para siempre. Antes de darme cuenta de lo que estoy haciendo, preparo el brazo y arremeto, golpeo una, dos, tres veces. El ruido del cristal rompiéndose ahoga mis gritos.

No sería tan malo si tan solo pudiera dejar de pensar en eso. En lo anormal que soy.

«Anormal».

Escucho pisadas en el pasillo. Con mi visión borrosa noto que tengo sangre brotando de los nudillos. Intento limpiarme en los pantalones y grito con la mandíbula apretada. Papá golpea la puerta. ¿Por qué no puedo ser *normal* y ya? Pienso en todos los dibujos del año pasado, los futuros que mamá auguraba para mí y los imagino cambiando con cada segundo que sigo pensando en esto. Papá *continúa* golpeando la puerta y puedo sentir las vibraciones en el cráneo. Va a romper la puerta.

—¿Qué? —grito.

—¡Morgan! ¿Qué demonios está pasando ahí dentro?

—¡Nada!

—No me mientas —exige papá—. Abre la puerta.

—¡No! —grito—. Vete.

—Oye, Morgan —habla de nuevo, con un tono de voz más suave—. Lo que sea que esté pasando, podemos... podemos hablarlo. Ya sé que has estado estresado y he intentado darte tu espacio, pero sigues siendo mi hijo.

Oh, Dios.

—¡Vete!

—Morgan, por favor —insiste. Quiero que me grite. Una parte de mí, en el fondo, mi parte animal, quiere que papá tumbe la puerta, vea el maquillaje, saque conclusiones y me obligue a confesar. Otra parte de mí nota que le tiembla la voz y me dice, no por primera vez, que soy lo peor que le ha pasado a la gente que me quiere.

—¡VETE!

—Eres lo único que me queda —dice finalmente y se le quiebra la voz.

«Lo único que me queda».

Lo único que me queda.

No digo nada, solo recargo la espalda en la pared y me deslizo hasta dejar el rostro entre las rodillas.

—Yo... Mira. Sé que no he sido un buen papá desde que... desde que pasó todo, sé que me necesitabas y yo no estuve... Quiero decirte que estoy aquí. Ahora. Si ahora quieres hablar.

Mis labios se separan un milímetro, pero entonces, mientras mis pensamientos recorren el desastre de esta crisis, un recuerdo en el que no he pensado en años roba mi atención: tenía nueve años, quizá diez, y ya había pasado mi hora de dormir, pero no podía conciliar el sueño. Quería un vaso de leche y una galleta Oreo, así que me escabullí por detrás del sillón de la sala, donde estaban mamá y papá, ella viendo un programa en la televisión mientras él escribía jugadas en su enorme carpeta roja. Cuando iba regresando de la cocina, sin que me notaran —como siempre—, algo en el programa me cautivó.

Me asomé por encima del sillón, con la galleta entre los dientes, y vi a uno de esos hombres en campaña para algo (el presidente, tal vez) decir que por supuesto consideraría nominar a una persona gay a la Suprema Corte, pero no solo eso, sino también a una lesbiana, bisexual o incluso una persona transgénero. No sabía qué significaba esa última palabra, pero podía *sentir* su significado y una parte de mí experimentó alivio al escuchar que un hombre importante decía algo así. Pero entonces el anfitrión del programa dijo: «¡Todos de pie para recibir a la honorable jueza con pene!» y la audiencia en vivo explotó en risas. Se me hizo un nudo en el estómago y entonces escuché que mamá soltaba una risita y papá resoplaba, divertido.

Incluso si se lo digo, incluso si finge que está bien con mi secreto, creo que siempre he sabido que nunca, nunca olvidaría que, en el fondo, debajo de las sonrisas y las palabras de aliento, pensará que soy un chiste. Una persona frívola, inútil y risible que nunca podría tener un cargo serio, como de jueza o directora... o cualquier otra cosa, supongo. Solo sería una «mujer con pene» que, aparte de ser un insulto, es un fetiche. Pero la otra parte de mí está muy cansada de sentirse así, tan sola.

Decido ponerlo a prueba, darle *una* oportunidad de limpiar telarañas y demostrar que me conoce aunque sea un poco.

—Es que... he estado muy solo... —digo a través de la puerta cerrada.

—Te entiendo —contesta papá.

Me masajeo las sienes y respiro.

—Tal vez... tal vez debería regresar a los deportes.

Eso definitivamente *no* es algo que yo diría. Pero sí lo diría la persona que él quiere que sea. Lo sé.

—¿En serio? —pregunta papá. Noto cierta alegría en su voz, como la de un niño en Navidad.

—Mmm. Un poco de ejercicio. Pasar más tiempo contigo y con Eric.

«Dime que no», quiero gritarle. «Dime que no crees que sea buena idea hacer ese tipo de compromiso y que necesito terapia. Siéntame y haz que te diga qué tengo, porque no te creo tan tonto como para creer que *esta* es la solución».

—¡Bueno! —exclama. Se me hunden los hombros y los últimos rastros de ira desaparecen. Siento la presión de siempre detrás de los ojos. El adormecimiento regresa—. Pues me parece una gran idea. ¡Fantástico! Si empezamos a trabajar con ganas, podrías estar listo para entrar al equipo titular el próximo año.

Sollozo, meto todos los productos de maquillaje en la bolsa de Kmart y me levanto, con las piernas temblorosas. Ya no tengo pintura en el rostro, pero la sigo sintiendo en la piel. Papá sonríe cuando abro la puerta del baño, pero después me sigo de largo con la mirada muerta y atravieso el pasillo con dirección a la salida.

—Oye —dice—. Bien. Ahora comamos, ¿okey?

—No tengo hambre —murmuro y abro la puerta.

—¿A dónde vas?

—Afuera —contesto. Él comienza a decirme algo, pero azoto la puerta, le quito la cadena a mi bicicleta y pedaleo hacia el atardecer.

ERIC

—¡Viniste! —exclama Susan, sonriente y dando saltitos cuando me ve caminar al lado de mi bici por el jardín de Connor para dejarla en la cochera. Corre hacia mí y, cuando me abraza, noto que huele a una de esas tiendas de velas caras y, bueno... es mucho. La abrazo de regreso y oculto mi corazón acelerado con una risa.

—Claro. ¿Por qué no vendría?

Doce de mis compañeros del equipo están aquí, intercalados con diez porristas. Connor vive de mi lado del pueblo y se nota. Todos están sentados en elegantes muebles para jardín alrededor de una fogata cuya estructura se ve cara, mientras en las bocinas suena Lil Wayne. Nate tiene una chica en el regazo y otra a un lado, ambas hipnotizadas por cada palabra que sale de su boca. Chud está sentado y rodeado de latas vacías. Ambos levantan la mirada y se alegran cuando Susan y yo nos acercamos.

Connor se acerca trotando y me da un abrazo que incluye unas cuantas palmadas en la espalda. Es más alto que yo, casi más alto que Chud, pero es delgado y tiene una barba que parece más de universitario que de adolescente.

Me ha adoptado y a veces siento que es más mi hermano mayor que Isaac o Peyton.

—¡Hombre! —dice Connor con entusiasmo al mismo tiempo que me aleja un poco, para mirarme de arriba abajo. Me ajusto los lentes y lo miro confundido, él se ríe—. ¿Por qué me tuve que enterar de que era tu cumpleaños por *esos* imbéciles? —Señala con el pulgar hacia Nate y Chud, quienes rodean sus bocas con las manos y aúllan. Susan resopla y Connor solo sacude la cabeza.

—No sé. —Me encojo de hombros—. ¿Los cumpleaños no son más bien para los niños pequeños? —Me rodea los hombros con un brazo y me despeina con la otra mano mientras los tres caminamos hacia la fogata.

—Disfrútalo mientras puedas —responde—. Espera aquí, tengo algo para ti. —Corre al interior de la casa y me siento en la silla vacía al lado de Chud. De repente, para mi sorpresa, tengo encima de una pierna los muslos de Susan y su brazo descansa sobre mis hombros. Levanto la mirada, esperando no tener la cara demasiado roja, y descubro sus mejillas rosadas y sus ojos algo nerviosos.

—¿Está bien así? —pregunta.

—Sí —le aseguro. La tomo de la cintura con mi brazo y la acerco—. Está perfecto.

—¡Su atención, por favor! —exclama Connor. La música para y todo el mundo voltea a verlo; cruza el jardín con un paquete de doce latas de limonada con alcohol debajo de cada brazo—. Primero, permítanme decir feliz cumpleaños al mejor receptor que ha tenido nuestra escuela en años: ¡Eric McKinley! —Escucho gritos de todas partes y no sé si quiero desaparecer o disfrutar de toda la atención.

Connor mete las bebidas en el refrigerador casi vacío y deja su iPod Nano en un *dock* cerca de las bocinas.

—En segundo lugar —continúa—, en honor a nuestra juventud, quiero dedicar esta noche a la inmadurez y los placeres culposos. Hay tragos maricas para todos y quien no tenga miedo de mostrarnos lo que escucha en la regadera, puede escoger la lista de reproducción que quiera.

Los chicos hacen un ruido gutural, pero antes de que Connor termine de hablar, las chicas ya están rodeando el iPod y pronto el jardín se invade de la música de Lady Gaga y Taylor Swift, que me encanta, pero que jamás escucharía en público. Cuando se pone el sol, todos estamos adoloridos de reírnos de la música y los tragos han hecho efecto para crear un ambiente cómodo.

—¡Verdad o reto! —grita alguien y, antes de enterarme quién fue, todo el mundo grita que sí. Connor se pone de pie y abre los brazos.

—Está bien, perdedores. Yo empiezo. —Mueve el índice como haciendo un arco alrededor del fuego y finalmente lo detiene en Nate, a quien alguien tiene que dar un codazo pues está muy concentrado besando a una chica. Creo que se llama Adria. Nate parpadea como adormilado y sonríe ampliamente cuando se da cuenta de lo que pasa.

—Reto —elige.

—Por supuesto. —Connor se rasca la barbilla—. Bésate con Chud por un minuto... con lengua.

De nuevo ese beso, siempre en el fondo de mi mente: Morgan encima de mí, con el cabello largo enmarcándole el rostro, los labios separados y los ojos bien abiertos, delineado por una luz blanca y dorada, una combinación de la luna y las luces de la calle. Como siempre, siento una pequeña chispa de deseo que se mueve y toca lugares que no quiero que toque.

¿Qué soy? ¿Qué *soy*?

Me complace la idea de que besar a Chud, incluso como broma, me daría un asco irrevocable. Fue un error. Morgan parecía una niña. Yo estaba borracho. Y todos ríen, divertidos con la idea de un chico besando a otro chico. Siento la boca seca.

—Claro —dice Nate. La chica se baja de su regazo, él se pone de pie y se estira. Estoy genuinamente asombrado. Nate debe de notar mi expresión. Chasquea la lengua y se acaricia las caderas con las manos—. Soy un hombre moderno. Estoy seguro de mi sexualidad y nunca me retracto de un reto. —Le guiña a Chud, quien se pone pálido—. Vamos, guapo. —Un sonido ensordecedor de risas se eleva sobre el fuego al tiempo que Chud se levanta tan rápido que tira su silla y salta, alejándose de Nate—. Vamos, hombre. ¡No estoy acostumbrado a que me rechacen! —bromea.

—Esto apesta —reclama Chud—. ¿Por qué yo tengo que hacer cosas gays si es su turno?

Nate se le lanza a Chud por detrás, le lame una mejilla y ronronea.

—Solo es gay si te excitas. ¿Te da miedo que te guste?

—Está bien —cede Connor—. Chud tiene razón. Tengo otra idea: haz un baile sensual para Adria. ¿Aceptas, Adria?

Adria pone los ojos en blanco, sonríe y toma la silla vacía de Nate, recarga un brazo sobre el respaldo, se encorva un poco y abre las piernas como un hombre despreciable cualquiera.

—Necesito música —dice Nate. Se aleja de Chud y trota al iPod. Unos segundos después, Usher suena en las bocinas y Nate camina hacia Adria, saltando y moviendo las manos como lo hace siempre antes de un partido.

Una parte de mí piensa que solo lo hará de juego, o que pasará toda la canción intentando besarla o tocarla, pero cuando empieza a mover las caderas y las risas se apaciguan, todos recordamos lo competitivo que puede ser Nate. La intensidad de este momento me distrae de Morgan, Susan cambia de posición en mi regazo y hay otra cosa en mi mente: la imagino a ella moviéndose así para mí, pienso en cómo se vería sin ropa bajo la luz de las estrellas o de una fogata. Eso me gusta y, además, no es tan complicado. Rodeo su cintura con el brazo y ella se acerca a mi hombro. Su cuerpo contra el mío es una felicidad tan simple.

—A la próxima póngame un verdadero desafío —dice, y me señala.

—Okey, cumpleañero, ¿verdad o reto?

—Reto —elijo, porque estoy seguro de que si escojo verdad, me preguntará algo cruel sobre Morgan.

—Rápate —dicta Nate y siento como si me hubiera tirado una cubeta de agua con hielo en la cabeza.

—Alto. No, espera. ¿Es demasiado tarde para escoger verdad?

—¡Buu! —Nate me abuchea. Luego arroja una lata vacía, que dibuja un arco amplio en el aire—. ¡Cobarde! ¡Todos mis amigos son unos cobardes!

—Reglas son reglas —objeta Connor—. Pero antes de que lo hagamos, ¿por qué no te lo sueltas?

Susan se baja de mi regazo y me pongo de pie, respiro hondo y me suelto el cabello. Varias niñas se quedan sin aliento y pronto me veo rodeado de porristas que me acarician el pelo con los dedos, excepto por Susan, quien se queda de pie a un lado y observa todo, divertida.

—No está grasoso —dice Adria—. Creí que el cabello de los chicos siempre estaba grasoso.

Me encojo de hombros, no sé qué decir.

—Qué gay —se burla Chud—. Pareces mujer.

—Parece hombre con novia —replica Adria. Intercambio miradas con Susan, quien parece contenta con esa descripción. Adria voltea hacia mí—. Esto debe de medir treinta centímetros. Apuesto que lo puedes donar a alguna asociación que haga pelucas para niños enfermos.

—¿Eso existe? —pregunto.

—A mi primo le regalaron una peluca cuando estaba recibiendo quimioterapia —explica. Me recuerda a Donna y todavía me duele, después de todos estos años. Debe de ser muchísimo peor para Morgan—. Hazte una cola de caballo, lo cortas así y yo lo dono por ti.

—Okey —asiento y entonces Susan y Connor me llevan a la casa.

Todo es confuso. De repente estoy en una silla en el baño de Connor, sin camiseta y con una toalla en el cuello. Susan me masajea los hombros y me susurra algo motivacional. Cierro los ojos con fuerza, tengo miedo de ver mi reflejo y, entonces, tras un sonido metálico, mi cabeza se siente al menos medio kilo más ligera. Susan me pone algo suave y sedoso en las manos. Bajo la mirada para encontrarme con *mi* cabello brillando bajo la luz del baño. Trago saliva, respiro profundo y me doy cuenta de que me siento bien con esto. Al menos podré ayudar a alguien.

—¿Quieres ver cómo se ve ya que te quitemos todo? —dice Connor. Cierro los ojos con fuerza y sacudo la cabeza, con las mejillas rojas.

—Eres muy valiente —asegura Susan. Me toma la mano y me da un beso en la mejilla—. Yo estaría llorando.

—Gracias —murmuro. Ambos hacemos un gesto de dolor y luego reímos cuando Connor saca una rasuradora eléctrica y la enciende, su sonido industrial llena el cuarto. Unos cuantos terribles minutos después, la apaga, me quita la toalla de los hombros y me da un espejo. Respiro hondo y lo tomo, y me alegra estar sentado porque me siento mareado al darme cuenta de que no reconozco a la persona que me devuelve la mirada. Paso los dedos por el cráneo pálido, viendo las irregularidades que nunca había notado. Para mi horror estoy a punto de llorar, pero entonces Susan toma mi cara entre sus manos y me besa. Es mi primer beso real desde Morgan y lo olvido todo.

—Te ves mucho mejor —me dice.

MORGAN

Dejo que mi bicicleta caiga al piso cuando llego al basurero. La bolsa de Kmart cae en el asfalto, se abre y mancha el pavimento oscuro de maquillaje. Maldigo en voz baja, enciendo la linterna de mi celular y poco a poco levanto las piezas, una por una, hasta que tengo las manos llenas. Me quedo de pie un momento, en medio del lote apestoso detrás de la gasolinera que está cerca de nuestra casa, viendo la tapa negra del basurero y escuchando las ranas nocturnas, y considero no hacer esto.

Me sentí muy bien al ver mi rostro maquillado en el espejo, aunque solo fuera una vez. Fue increíble, de hecho. La reconocí y se parecía a mí. Ella era yo.

Pero ¿qué tan bien se sentiría ponerme maquillaje todos los días? ¿Y qué tan mal me sentiría si papá no pudiera ni verme a los ojos?

Como idiota, me permití fantasear con la idea de vivir en Nueva York o Atlanta o Los Ángeles, un mundo en el que mis dos padres están vivos y son tan perceptivos que ni siquiera necesito decirles. Me permití imaginarme presentes alternativos y futuros imposibles en los que alguien como Eric puede ser algo más que un amigo. Me permití fingir que vivo en un universo donde mi cuerpo es completamente distinto de este en el que existo ahora.

Pero no.

¿*Querer* ser mujer? Es una tontería. Es una tontería y una locura.

Vivo en Thebes, Tennessee. Y aquí nadie entiende estas «mierdas *queer*». Soy presa de esta vida y necesito bloquear cualquier otra fantasía antes de que me duela demasiado. *Quiero* hacer películas. *Quiero* una bicicleta nueva. *Quiero* no tener esta enfermedad en la cabeza.

Arrojo el maquillaje por encima del basurero, a la oscuridad. Comienzo a sentir un nudo en la garganta. Escucho que algo se rompe y cierro los ojos.

Esto que siento, esta obsesión, no es algo que quiera y no es algo que sea, es algo que tengo. Como una enfermedad. Mamá tenía cáncer. Yo tengo autoginefilia. Descubrí esa palabra en internet. Mucha gente la odia y dice que es transfóbica, que reduce todo a una enfermedad, pero esto se *siente* como una enfermedad.

Recuerdo el momento exacto en el que me di cuenta de que mamá estaba enferma, el momento en el que pude escucharla llorar incluso desde la sala de espera. Era joven, pero no se puede olvidar un momento así, aunque no sepas lo que está pasando. Ese día aprendí una nueva palabra: cáncer.

Y ahora tengo una palabra para describirme: *autoginéfilo*. Es como si hubiera nacido con una enfermedad genética, así como las células de mamá estaban programadas para matarla. La terapia de conversión no funciona. Lo leí. No hay forma de sentirse mejor, excepto viviendo la vida como mujer, que es lo único que no toleraría hacer. Es que quizá no soporto la posibilidad de perder el respeto de papá o de Eric. Quizá no quiero que me reduzcan a un objeto sexual y parece, desde afuera, que eso es lo único que el mundo me permite ser. Siento, claramente, que esto me va a matar.

Grito con todas mis fuerzas, estoy desorientado, no sé a dónde ir. ¿A dónde voy? Me pongo en cuclillas. Si esto fuera un anime, mi rabia me rodearía como una especie de viento y sonaría una canción triste de fondo. Esta es solo una noche en la vida de esta pequeña persona, sola y enferma, que quiere más que nada en el mundo irse a dormir y no volver a despertar.

Arrojo lo último del maquillaje al basurero y el impacto causa bastante ruido.

—¡Oye!

Aún de cuclillas, golpeo el asfalto. Mi grito se ha convertido en un chillido gutural. Un montón de basura me golpea el costado, obligándome a levantar la mirada. Veo borroso.

—¡Oye, tú! ¿Qué te pasa?

Veo al encargado de la gasolinera parado en el borde de las luces del toldo, viéndome como si yo fuera un loco. Supongo que sí lo soy. Sollozo y me limpio la nariz con el antebrazo.

—¿Estás bien? ¿Qué pasó?

—Nada —respondo. Parece que estoy saliendo de un resfriado.

—¿Seguro? Siento que debería llamarle a alguien. ¿Por qué no entras?

—Váyase a la mierda —le espeto. No necesito su ayuda.

El encargado de la gasolinera levanta el dedo medio y me grita que me vaya o si no, llamará a la policía. Me subo a mi bicicleta y veo hacia la nada un momento, intento pensar cómo llegar de aquí a casa de Eric. Entonces se me ocurre que tal vez ni siquiera esté en casa. También es su cumpleaños. ¿Y si está celebrando sin mí? ¿Con sus nuevos amigos? Bloqueo ese pensamiento antes de que me haga sentir mal. No me importa. Necesito verlo.

Saco mi teléfono para llamarle, pero me quejo cuando escucho que está apagado. Da igual. Pedalearé hacia allá y veré qué hago sobre la marcha. Si solo escucho mis pensamientos, tengo miedo de que algo terrible pase.

El recorrido es confuso. Hay un ruido constante en mi cabeza y mis músculos se niegan a relajarse. Cuando finalmente llego a su casa, no estoy cansado, pero algo muy dentro de mí se siente como si me hubiera esforzado hasta el límite.

No se ve ninguna luz, pero ¿qué importa? No creo que deba preocuparme de nada. Ya pasó su hora de llegada, así que *debería* estar en casa.

—Amigo —susurro. Lanzo una roca pequeña a la ventana de Eric, que está en el segundo piso—. Amigo, te necesito.

Sigo haciendo lo mismo por quién sabe cuánto tiempo, tal vez una hora, tal vez diez minutos, hasta que finalmente escucho la voz de Eric. Pero está detrás de mí, viene de la calle.

—¿Morgan?

Me doy la vuelta y ahí, donde antes solo estaba la calle vacía, está Eric, inmóvil, a punto de bajarse de la bicicleta, en un charco parpadeante de luz anaranjada. Varias polillas que sobrevuelan a su alrededor crean un halo gris. En un lugar distante, un pájaro nocturno pronuncia una sola nota.

Pero entonces miro con atención y me acerco porque algo no está bien: tiene la bicicleta de Eric y suena como Eric, pero tiene la cabeza afeitada, excepto por una pequeña capa de pelito rubio. No puede ser él porque Eric ama su cabello demasiado para cortárselo. Es el último acto de rebeldía que su papá le permite. Pero entonces lleva la bici hacia la entrada y veo que realmente es él.

—¡Mierda! —exclama—. Morgan, ¿estás bien?

—¿Qué le pasó a tu pelo? —pregunto sin más, con voz ronca, aunque verlo calma el dolor de mi pecho. Tan solo mirar su rostro hace que inmediatamente me tranquilice. Y nunca se lo diría, pero este nuevo aspecto no está mal. Me hace notar que se pone más guapo cada día. Ugh, me doy asco.

Eric hace una mueca de molestia ante mi comentario; se pasa la mano por la cabeza al tiempo que mete su bicicleta a la cochera.

—¿Te convertiste en *skinhead* y no me contaste? —Pongo las manos en las caderas, sintiendo que regreso a mi cuerpo—. Y si sí, dime que no eres de los rudos ni de los nazis.

—Black Flag me parece prácticamente imposible de escuchar —dice y se reúne conmigo en la entrada—. Además, mi novia es judía. Así que no, ninguna de las dos.

—¿Novia? ¿Desde cuándo tienes novia?

Levanta una ceja y me doy cuenta de que quizá no fue la mejor forma de hacer esa pregunta.

—Desde hoy, supongo —responde, encogiéndose de hombros; siento un golpe de celos por Susan, aunque logro bloquearlo. Todo es tan fácil para él: así nada más, de repente tiene novia, y yo aquí siendo un desastre andante con manchas bajo los ojos por culpa de ese estúpido rímel a prueba de agua.

—Okey, okey, novia. Qué bien. ¿Y tu pelo?

—Me retaron a rasurarme la cabeza. ¿Se ve tonto?

—¿Qué? No. Te ves… —Me encojo de hombros—. Te ves bien.

Sonríe con tristeza.

—Me acabas de preguntar si era nazi —me recuerda.

—Es que… simplemente no lo esperaba. —Hago un ruido con la nariz y la tallo con mi manga. Me imagino con el cabello así de corto. Se está convirtiendo en todo un hombre y yo me estoy convirtiendo en… ¿qué?

Mientras más veo a Eric, más me pregunto por qué no puedo ser tan normal como él. Y entonces una vocecita hace eco desde las profundidades de mi cerebro: «¿Alguna vez lo has intentado realmente? Incluso cuando eras más joven, nunca te comprometiste, te escapabas para ver películas de princesas y escuchabas la música de mamá. Te gustaba el maquillaje. ¿Alguna vez *de verdad* intentaste ser normal…?».

Si no puedo ser una niña, entonces quizá deba intentar ser niño, aceptar eso que le dije a papá. El jugador de futbol, el hijo perfecto. Tal vez si lo finjo se haga realidad. Tal vez pueda convertirme en alguien a quien la gente no evite o de quien no se burlen en el pasillo de maquillaje de Kmart. Alguien como Eric. El deportista con novia, aunque me cuesta mucho imaginarme queriendo esa última parte.

¿Podría hacerlo? Si no puedo estar con Eric, entonces tal vez… ¿pueda ser él? Suena a una locura, sé que sí, pero quizá…

—Bueno —dice Eric después de mi silencio—. Vamos adentro y así me cuentas por qué lloraste.

Asiento y me tallo la nariz, lo sigo al interior y me siento como un campesino sucio al entrar a la casa impecable de esta familia. Sé que este lugar solía ser un segundo hogar para mí, pero con lo ocupado que ha estado Eric y las insinuaciones de Carson de que no me quiere aquí, ahora ese sentimiento es distante. Parece que solo sigo cayéndole bien a Jenny: de vez en cuando nos pregunta cómo estamos a mí y a papá y prepara espagueti cada vez que vengo a su casa, pero últimamente no sé si va a estar en su casa. No la culpo.

—Creí que tus padres tenían la regla de no invitar a nadie cuando no estén ellos. No veo sus autos.

—Ya sabes que tú eres como de la familia —aclara cuando llegamos a la cocina. Después sonríe. Es imposible no dejarme convencer por la mentira—. Además, esa regla solo aplica con chicas.

Eso se siente como si un caballo enojado me hubiera pateado en el pecho. Evito cualquier gesto, pero de nuevo siento un nudo en la garganta y comienzan a formarse lágrimas en mis ojos. Por suerte, Eric está de espaldas, buscando algo en la cocina.

—Perdón por cancelarte hace rato. En realidad iba a buscarte, aunque no lo creas. —No digo nada, me concentro en dejar de sentirme como me siento mientras él sigue hablando sin levantar la mirada—. Es raro, lo sé, pero a veces siento una presión en el cuello. Quién sabe, tal vez sea daño cerebral. Pero siempre lo interpreto como señal de...

Eric se da la vuelta con una Coca-Cola en la mano; la expresión de su rostro cambia a una de confusión y luego de alarma cuando ve que me corren lágrimas por las mejillas. Lo raro es que *nunca* lloro. En la escuela me dicen «marica» o «perrita chillona» todo el tiempo, pero nunca, nunca lloro. Por lo general, la tristeza no pasa de mi garganta. Excepto por esta noche; de repente no puedo evitarlo.

—Oh —murmura. Cierro los ojos e intento limpiarme las lágrimas antes de que vengan más. Me siento infantil—. Okey, okey. —Escucho pasos y entonces Eric me rodea con sus brazos, lo que me sorprende. Desde el beso, los dos decidimos mantener distancia: ya no dormíamos en la misma cama, no nos dábamos palmadas en el hombro, no jugábamos a luchar, y creo que no me había dado cuenta de cuánto extrañaba esto. Descanso la mejilla en su hombro y decido dejar de oponer resistencia. Mis hombros se mueven con violencia y yo estoy apenas consciente de los sollozos incontrolables que salen de mi boca, y que estoy cubriendo la linda camiseta de mi amigo de mocos y lágrimas.

Él pasa una mano por mi espalda y me acaricia, y odio que, a pesar de todo el dolor, esto se sienta tan bien. Quisiera que fuéramos amigos como antes. Quisiera que la pubertad nunca hubiera llegado. Mi mente se va a la última vez que me abrazó así, el año pasado, sentados en la calle, y no puedo dejar de pensar en algo horrible: ¿Y si hubiera nacido como mujer y todo esto fuera diferente?

Eric me sienta en el sillón y yo me hundo en los cojines, que me parecen arena movediza. Toqueteo su camiseta, aprieto los dedos alrededor de la tela como si me estuviera aferrando a la vida. Él se queda conmigo todo el tiempo, susurrando cosas en mi hombro.

—Respira —me dice.

Me obligo a inhalar por la nariz y exhalar por la boca. Las lágrimas se me secan en las mejillas y otras mojan la camiseta de Eric.

En mi cansancio considero decirle todo lo que acaba de pasar con papá, con el maquillaje, con el basurero. Pero no puedo. Me dirijo hacia una vida de represión y dolor, de cualquier forma, y es como dice Carson: si ya vas a hacer algo, hazlo bien.

Eric me aprieta el hombro.

—¿Qué podemos hacer para que te sientas mejor? —pregunta con suavidad. Yo me tallo los ojos y suspiro.

—Creo que quiero hacer pruebas para entrar al equipo de futbol —digo antes de saber siquiera de lo que hablo.

Eric levanta una ceja y retrocede.

—Espera, ¿qué?

—Sé que parece una locura, pero sí.

Y ahí, de repente, me queda claro. Me trago el último sollozo y asiento tan fuerte que me regresa el dolor de cabeza. No tiene caso imaginar una realidad diferente. Tengo la vida que tengo. Vivo donde vivo. Si no puedo ser mujer, entonces me dedicaré *de lleno* a ser hombre.

—¿En serio?

—Sí —afirmo.

Eric se inclina para quedar dentro de mi rango de visión y me lanza una mirada escéptica. Lo empujo, pero con poca fuerza para que quede claro que solo estoy jugando.

—¿Qué? —pregunto—. ¿Crees que no puedo? Si mal no recuerdo, tú dependías de mí cuando éramos niños, y ahora estamos de la misma estatura. —*Eso* me duele, pero debo haberme gastado ya todas las lágrimas porque no vuelvo a llorar—. Voy a levantar pesas contigo y con papá y haré la prueba antes de la siguiente temporada. Puedo hacerlo.

Se pasa la mano por el cráneo y deja salir un suspiro largo.

—Sí, claro. Pero ¿por qué?

—Algo tiene que cambiar —confieso. Quizá no es toda la verdad, pero al menos sí es una parte de ella—. La persona que soy ahora mismo, la que he sido hasta el momento, no me funciona. Tengo que cambiarla.

—Pero... —Eric se acaricia el labio con los nudillos y entrecierra un ojo—. A mí me gusta esa persona.

Está siendo amable.

—Gracias —murmuro mientras me paso los dedos por el pelo sudado y me quedo viendo, de nuevo, su cabeza rapada—. Y otra cosa.

—Sí, lo que sea.

—Quiero que me cortes el pelo.

Eric se aleja un poco de mí, asombrado. Toma las puntas de mi pelo entre sus dedos, jala los mechones castaños hacia él. Mi pelo brilla en la luz tenue de la sala. No me lo he cortado desde que mamá murió, pero me esfuerzo para no pensar en eso.

—¿Estás seguro? —pregunta Eric, incrédulo.

—Totalmente —respondo, con mayor certeza que de cualquier otra cosa que haya decidido en mi vida.

ERIC

Mando a Morgan al patio y subo corriendo las escaleras al cuarto de manualidades de mamá. Mis padres no están este fin de semana, se fueron a un retiro de la iglesia para trabajar en su matrimonio, así que tengo la casa solo para mí. No estoy seguro si cortarle el cabello realmente ayude y, sobre todo, no sé si unirse al equipo de futbol lo haga sentirse mejor, pero lo mínimo que puedo hacer es ayudarlo. Ver a Morgan llorar de esa forma, como antes lo hacía pero peor, más crudo y desesperado, me dejó con la necesidad de hacer *algo*.

Sé que últimamente ha sido infeliz, quizá por eso me he alejado y quizá por eso los dos nos la pasamos cancelando nuestros planes; ha sido difícil ver que nuestra amistad ahora esté en este terreno desconocido. Pienso en todas las veces que lo evité o lo alejé por ese beso y me siento como un imbécil por haber dejado que mis preocupaciones me apartaran de él cuando claramente más me necesitaba.

Busco en los cajones llenos de cuentas y listones hasta que encuentro unas tijeras lo suficientemente grandes y afiladas para lograr el objetivo. Me pregunto qué es lo que no me está diciendo, así que comienzo a pensar que tal vez un verdadero amigo, a estas alturas, ya habría deducido lo que pasa; no puedo evitar sentirme culpable. Sigo repasando todo cuando abro la puerta corrediza de cristal, salgo al patio y casi dejo caer las tijeras. Morgan está sentado sobre el barandal, sin camiseta, sus ojos están escondidos entre las sombras y los mechones de su pelo. Inhalo entre dientes.

¿Cuándo fue la última vez que lo vi sin camiseta? Está tan delgado, casi reducido a huesos, todo el músculo que tenía en la secundaria se ha esfumado. Puedo contar sus costillas. Quiero arrojar las tijeras y volver a abrazarlo, pero Morgan me ve y se quita el pelo de la cara. Sin el gorro de la sudadera abombada, noto que le llega a la cintura. Y es hermoso. Tan grueso como una maraña de ramas una noche de septiembre, color café oscuro, casi negro bajo esta luz.

En un segundo me llegan cientos de recuerdos. Su cabello revoloteando sobre su cara, o él, colgado de la rama de un árbol, acomodándoselo tras las orejas, o riéndose y moviendo su cabellera de un lado a otro, o... tantas otras ocasiones. Nunca lo había notado hasta ahora. Ese cabello largo hace que se me detenga el corazón.

De pie junto a Morgan, no solo quisiera abrazarlo; tengo tantas ganas de besarlo que me queman el pecho.

—No me lo he cortado desde que mamá murió —me dice en voz baja.

—Sí... —balbuceo, recuperando la voz.

Se rasca el cuello y levanta una lata gris.

—¿Crees que tu papá note que una de sus cervezas desapareció del refrigerador de la cochera?

Sacudo la cabeza y él abre la lata, toma un trago largo que expone su esbelto cuello, y casi se la termina. Entonces jala la silla blanca de plástico, la pone bajo la luz del porche y se sienta. Su piel pálida brilla por las gotas de sudor.

—¿Qué tan corto lo quieres?

—Todo —dice—. Quiero que estemos iguales.

Asiento en silencio y comienzo. Quisiera no tener que hacer esto, pero tengo que hacerlo. Tengo que hacerlo por Morgan.

Las tijeras adquieren un brillo plateado bajo la luz y la noche resuena con los sonidos del verano que se convierte en otoño: las cigarras, los grillos y uno que otro auto. Mi calle es oscura y siento que en este momento somos las únicas dos personas en el mundo. No hablamos. Hago mi mejor esfuerzo por mantener cierta distancia entre nosotros, pero tengo que tocarle las mejillas, la barbilla y el cuello, tengo que recargar la mano en su hombro para que las tijeras alcancen la mejor posición.

Tiene la piel suave y sorprendentemente fría. Durante los momentos en que nuestra piel se toca, siento mi propia energía nerviosa y agitada en torno a esta noche: Susan, mi cabello y todo lo que ha pasado entre Morgan y yo. Una corriente de electricidad me recorre y pasa a él, sale de mi corazón colmado y llega al suyo. Me pregunto cómo estará el corazón de Morgan en comparación con el mío. *Vacío* no me parece la palabra adecuada, pero es la primera que se me ocurre. Minimalista. Quizá sea más como el yin y el yang, como si su corazón fuese un cuarto oscuro y helado después de un día caluroso y exhausto.

Dejo los dedos sobre su mejilla unos segundos más de lo necesario y noto que ahora su piel está tibia. Bajo la mirada y lo encuentro sonrojado, su respiración un poco más pesada. Quito la mano con rapidez.

Me toma bastante tiempo y no está nada parejo, pero por fin termino; Morgan se pone de pie para ver su reflejo en las puertas de vidrio. No está hecho con máquina como el mío, así que parece algo que veía en una película, en la que un personaje como Juana de Arco se corta todo el cabello para unirse a las Cruzadas, pero lo corté tan cerca del cráneo como pude. No sonríe. Sin embargo, se pasa los dedos por la cabeza, endereza los hombros y asiente, satisfecho.

No puedo quitarme la sensación de haberlo lastimado o de haber destruido algo hermoso. Voltea a verme y siento que hay alguien nuevo frente a mí. Un extraño.

—¿Te gusta? —pregunto para romper el silencio.

—Sí —afirma, pero noto alrededor de sus ojos una tensión que me hace desconfiar—. Creo que papá tiene una rasuradora que puedo usar, pero es un buen comienzo. —Se termina lo que queda de la cerveza, arroja la lata al piso y la aplasta—. Gracias.

Le sacudo todo el pelo y barro el patio. Las polillas vuelan en silencio en torno a la luz sobre nuestras cabezas.

—Me voy a casa —anuncia Morgan después de un rato.

—Sí, está bien —respondo. No puedo evitar sentir que nos separa una montaña de cosas sin decir.

—Feliz cumpleaños —agrega.

—Igualmente, hombre.

Morgan levanta su bicicleta y se desvanece en la oscuridad, su cabeza afeitada brilla al pasar debajo de un poste de luz. Toco la mía. Cuando Morgan finalmente desaparece, descubro que estoy besando mis dedos anular e índice y acercándolos a la puerta.

—Te amo —susurro. Apenas estoy consciente, al subir las escaleras, de que no terminé la frase diciendo «amigo» u «hombre». Cuando al fin llego a mi cama, la siento enorme, fría y vacía. Las luces de la calle zigzaguean sobre mi colcha y recuerdo el brillo plateado de las tijeras y el pelo de Morgan destellando al caer sobre el suelo.

DIECISÉIS

MORGAN

Pongo el brazo derecho sobre el codo izquierdo y estiro. El calor recorre mi hombro y mi espalda baja. Mi cuerpo es una máquina y yo tengo el control. Es fuerte, rápido y hace lo que le digo cuando se lo digo. El trago de vodka que mezclé con mi Gatorade ayuda.

Pensé que para estas alturas papá ya se habría dado cuenta de la desaparición constante de su alcohol, pero él también toma una cantidad heroica. No había notado eso… Bueno, sabía que a veces bebía, pero no me di cuenta de cuánto hasta que comencé a robarle.

Supongo que empezó después de la muerte de mamá. Tal vez eso explica mucho cómo ha logrado mantener tan bien las apariencias y su capacidad para ignorar ciertas cosas. Parece que ambos tenemos nuestros secretos. Así son los hombres, ¿no?

Pero de verdad, si tuviera un «hijo» que en un año subiera sus calificaciones a puros nueves y pasara de ser una carnada fácil, esquelética y deprimida a ser corredor titular del equipo representativo de futbol, yo también ignoraría muchas cosas e inventaría excusas para explicar este cambio repentino y su significado. ¿Mi hijo bebe? Es social. Ahora lo invitan a fiestas. ¿Que se ha metido en unas cuantas peleas este año? Bueno, al menos es lo suficientemente inteligente para no pelearse en la escuela.

Papá parece más feliz cuando está conmigo. Eric también se ve feliz. Yo no soy feliz, pero quizá soy menos miserable. Ahora solo me golpean cuando yo lanzo el primer golpe. Dentro de todo, este último año ha salido bastante bien para todos.

Casi todos.

La barra descansa a mis pies, como insultándome. Estiro el otro brazo. Ciento sesenta kilogramos de peso en total, con discos negros y duros en los extremos. El resto del equipo deja de entrenar para acercarse a mi sección del gimnasio estudiantil. Se paran en un semicírculo a mi alrededor; Eric, Nate y Chud se paran en medio, algunos susurran entre ellos, otros me motivan, otros ríen. Los futbolistas piensan que no he cambiado, que sigo siendo el mismo marica que era hace un año. Se equivocan. Me levanto la camiseta, me trueno el cuello e ignoro el impulso de volver a cubrirme. «Yo tengo el control», me repito. Tomo aire y el putrefacto olor a sudor del cuarto de pesas invade mi nariz.

Un año más. Un cumpleaños más. Tengo dieciséis y esto es lo que soy ahora: soy más hombre cada día. Mentiría si dijera que no ha sido difícil. No me refiero al entrenamiento en sí, que en realidad es bastante fácil cuando lo único que quieres es lastimarte, pero las primeras semanas, cuando mis músculos comenzaron a definirse y los hombros a ensancharse, fueron… duras.

Entonces entendí el truco para superar la autoginefilia, además de beber: un día a la vez. No pensar en el pasado.

No pensar en el futuro. No verse en el espejo. Soy como el tipo de *Memento*: mi vida es una serie de momentos desconectados que no duran lo suficiente para lograr herirme.

Mi profesor de cine me dijo que estaba decepcionado de que mi interés en su clase haya disminuido casi por completo. Me preguntó si ya no quería tener una carrera en cinematografía, lo cual me dolió, pero entonces cerré los ojos, enterré la escena y ¡puf!, se acabó. Se fue para siempre.

Hace unos meses Jasmine me preguntó por qué estaba ignorándola y por qué había cambiado tanto. A veces cruza miradas conmigo en los pasillos de la escuela y se ve herida o, peor aún, a veces solo sacude su cabello y toma la dirección opuesta. Entonces pienso en que ella era la única chica que quería como amiga, y ahora solo soy otro patán de la escuela. Es una agonía, pero vuelvo a poner el muro de estática. *Puf*. Desaparece todo.

O, por ejemplo, aparece un comercial de Victoria's Secret mientras estoy con los chicos. Todos babean y yo me doy cuenta de que siempre estaré a solas en este anhelo extraño y desesperado de convertirme en lo que se supone que debería desear, pero entonces... Bueno, lo mismo. Me sorprende que no haya más gente usando este sistema. Día a día, hora a hora, minuto a minuto, así lo hago. *Puf, puf, puf.*

—Ya hazlo, Morgan —insiste Nate y patea la pesa con un pie—. Solo quedan cinco minutos de almuerzo.

—Dale tiempo —replica Eric. Le pone mala cara a Nate y a mí me sonríe. Por un momento me odio por notar lo guapo que se ha puesto en estos últimos meses; se ve más adulto y fuerte, es una combinación entre bohemia y atlética. Sin embargo, dejo de pensar en eso porque no quiero hacerlo—. Con cuidado. No tiene caso que hagas esto solo para lastimarte y no poder jugar hoy.

—No es como si lo necesitáramos —dice Billy-Joe, uno de último año, en voz baja, pero alcanzo a escucharlo.

—Tú necesitas que alguien te dé una paliza —exploto. Inhalo con fuerza, me inclino sobre la pesa y arqueo la espalda. Sigo hablando sin ver realmente a Billy-Joe—. Quizá con un reajuste de cara consigas que alguien salga contigo.

—Vaya —dice Nate, sorprendido.

—Tienes la boca muy grande para alguien que no saldría de la banca de no ser porque tu papá es el entrenador. —Esa voz es de Chud.

Escupo en el tapete entre nosotros y rodeo la barra con los dedos. Es demasiado grande para ganarle en una pelea. Dos peleas esta temporada, tres durante el verano y una en primavera me han enseñado a conocer mis límites.

—Vete a la mierda, Chud —respondo.

Este no soy yo, por supuesto. Es mi armadura. Solo me queda probarme que puedo, ahora y más tarde. ¿Qué pasa si levanto este peso? Llegaría a los ciento veinticinco kilos de peso muerto en menos de un año. Pulí mi cuerpo con esfuerzo, algo que esa albóndiga nunca tuvo que hacer. ¿Y si contribuyo a la victoria de hoy? Sería el segundo partido que ganaríamos contra los Pioneros en tres años, después de una racha perdedora de quince. Así que no es ninguna coincidencia: mi presencia en el equipo ha marcado esa diferencia.

Sujeto la barra con fuerza. Flexiono las rodillas, que me arden como fuego. Al principio no pasa nada. Cierro los ojos y aprieto la mandíbula. Los pies se me mueven unos centímetros y hago esfuerzo con la espalda. La pesa comienza a levantarse y los chicos se quedan en silencio. Ya no hacen comentarios arrogantes. Con las rodillas temblorosas, hago que mis piernas se estiren, centímetro a centímetro. Casi lo logro. Ninguno de mis músculos quiere hacer caso, pero ahí está el secreto más importante: yo no soy mi cuerpo.

Mi cuerpo es una máquina.

Las máquinas no pueden decir que no. Siguen órdenes hasta que se descomponen. Y no me importa si esta máquina se descompone. Grito y doy la orden una y otra vez. Y de repente, aunque no es ninguna sorpresa para mí, mi espalda se endereza y mis hombros se hacen hacia atrás. Los chicos empiezan a gritar, saltar y lanzar los puños al aire. Su insolencia desaparece como un charco pequeño y asqueroso.

Ciento sesenta kilos. Nada. La barra cae y el impacto resuena por todo el gimnasio. Me golpeo el pecho y todo vibra a mi alrededor. Eric corre y me golpea el hombro, felicitándome a gritos. Ahora mido dos centímetros más que él. Lucho contra mi cuerpo en ese momento, el cuerpo que aún desea más que una palmada en el hombro, y gano yo. Esta máquina se calla cuando se lo ordeno. Pero el corazón me duele más que los hombros o la espalda. No puedo mirarlo a los ojos.

—¿Estás emocionado por esta noche? —pregunta, entusiasmado—. ¡Celebración de cumpleaños!

—Claro, genial.

El hermano mayor de Nate dará una fiesta en Knoxville y todos iremos juntos después del juego. Una fiesta de universitarios, con universitarias. He tenido que fingir emoción durante semanas. Intento añadir discretamente:

—¿Vendrá Susan?

De por sí es difícil estar cerca cuando Susan se invita sola a pasar tiempo con nosotros: ella juega con el cabello de Eric y los veo entrelazar las manos, los escucho besarse cada vez que vemos una película.

—No he sabido de ella —dice—. Seguramente está planeando alguna sorpresa de cumpleaños.

—Así son las chicas, ¿no? —No tengo idea de qué significa eso. Pero aun así se ríe o finge reírse. Le doy una palmada en la espalda y me alejo. Suena la campana.

—Te veo en la noche —me despido. Tomo mi camiseta y salgo por la puerta antes de que pueda responderme.

ERIC

Me como una barra de proteína de un bocado mientras camino a la clase de Literatura Avanzada. Tengo que mantener mis niveles de energía antes del gran partido de esta noche. El salón está vacío cuando llego, nadie tiene prisa por discutir poesía de la Grecia Antigua, excepto yo. Tengo un momento de calma para repasar los pasajes asignados de *La Odisea* y me concentro en el fragmento que discutiremos hoy, sobre Tiresias en el inframundo.

—¿Sabes por qué me gustas? —pregunta Susan.

Parpadeo un par de veces y levanto la mirada de mi libro para verla inclinada hacia mí. Sonríe, sacude su cabello y se sienta sobre mi escritorio. Me concentro en mi hermosa novia y en todos los detalles que aún estoy aprendiendo, como el patrón de las pecas en sus hombros y no se me ocurre qué responder. Quizá los hilos que unen a mi familia se están deshaciendo y Morgan se está convirtiendo en alguien que no reconozco, pero al menos *esta* parte de mi vida sigue aquí, buena y sin complicaciones.

Susan coloca un dedo en mi barbilla para levantarme el rostro.

—¿Por qué? —cuestiono.

—¿Eres un deportista? ¿Eres un nerd? ¿Eres un hípster? —Encoge los hombros—. Tienes muchas capas.

—Lo intento.

—Quería hablar de tu regalo de cumpleaños... —Se inclina para besarme mientras el resto de los alumnos llega al salón. A veces creo que a Susan le gusto más por lo que soy que por quién soy, como si fuera muy importante para ella que la vean conmigo. Pero a mí me gusta pasar tiempo con ella, así que muevo mis labios contra los suyos e ignoro la idea.

—Guárdenlo para el asiento trasero de un auto —dice mi maestra de Inglés, la señora Brown. Algunos estudiantes gritan escandalizados: «¡Uuuh!». Susan se sonroja, pero cuando se sienta, me doy cuenta de que sonríe.

La clase comienza. Estoy muy interesado en el tema, pero es la hora después del almuerzo y me cuesta trabajo concentrarme.

Noto que mi celular vibra en mi bolsillo y doy un pequeño salto de sorpresa. Los alumnos cerca de mí se ríen. Susan me hace una seña y saco mi celular para ver su mensaje. Lo leo e inmediatamente siento cómo me sonrojo.

«Creo que estoy lista. ¿Esta noche?». Una línea de corazones y caritas sugestivas terminan el mensaje. Hemos hablado de *hacerlo* antes, pero no quería presionarla. Sonrío para mí y respondo una carita sonriente. Si Susan está lista, yo también lo estoy.

Podríamos ir a mi casa, siempre y cuando mis padres no estén peleando entre susurros en su habitación, algo que se ha vuelto costumbre. Ahora que Isaac y Peyton no viven en casa, tal vez sientan que tienen menos qué ocultar, o quizá las cosas realmente van mal. Isaac se fue a vivir hasta Seattle para jugar con los Seahawks y nadie ha sabido nada de Peyton en mucho tiempo. Me cuesta creerlo, pero lo extraño. Me gustaría tener un compañero con quien distraerme de las peleas constantes entre mamá y papá.

Mi cerebro se adelanta al final del juego de esta noche, a cómo saldrá todo, y me detengo repentinamente al recordar que ir con Susan significaría cancelar mis planes de ir a la fiesta de universitarios y pasar mi cumpleaños con Morgan, aunque todo quedó en el aire. A excepción del fiasco de la varicela en tercero, seguimos teniendo una racha cumpleañera y me parecería una lástima romperla. Pero, bueno, no puedo decirle eso a Susan. ¿Qué clase de chico rechaza perder su virginidad para pasar tiempo con su amigo?

Mentiría si dijera que una parte de mí no desea probarme a mí mismo, sobre todo, que en realidad sí soy heterosexual. El beso ya no me atormenta tanto ahora que Morgan se ha vuelto tan rudo y varonil. No he sentido ni un gramo de atracción desde que se rasuró la cabeza y comenzó a aumentar músculo, así que supongo que sí era por lo femenino que se veía, aunque es difícil a veces evitar pensar que mi primer beso fue con un chico. No sé. Me gusta no tener que lidiar con toda la confusión. Y me digo que Morgan no quiere ser como antes. Ahora se ve feliz, ¿no? Yo solo quiero que Morgan sea feliz.

Más tarde intento buscarlo para explicarle. Su clase de Historia es justo al lado de mi clase de Química. Espero cerca de la puerta, pero cuando el último estudiante sale y no lo veo, frunzo el entrecejo. ¿Dónde está? No puedo mandarle mensaje en los pasillos sin que me confisquen el celular, así que suspiro y camino con dirección a Alemán II, mi última clase del día, resignado a llegar tarde, cuando escucho el segundo timbre. Prácticamente empiezo a correr y, cuando paso por la entrada de proveedores de la cafetería, escucho el rechinido de una puerta y encuentro a Morgan escabulléndose.

—Ahí estás —digo—. ¿Qué estás haciendo?

Morgan parpadea repetidamente, como si acabara de despertar de una siesta. Esconde las manos en los bolsillos y se encoge de hombros.

—Me cansé de estar en el cuarto de pesas —explica. Su voz suena distante—. Necesitaba tomar aire.

Percibo un olor bastante fuerte y distintivo, y me doy cuenta de que es olor a vodka. Casi todos los chicos del equipo beben los fines de semana. Es mucho estrés que todo un pueblo ponga sus esperanzas en ti cada semana, sobre todo en un pueblo como este, donde las becas deportivas son la única forma de salir de aquí.

Pero, cada vez más seguido, he notado que Morgan no bebe solo los fines de semana. Al principio llegaba a las fiestas con una botella de ron que mezclaba con refresco, lo cual estaba bien. Luego empezó a dejar el licor en su casa y llegaba a las fiestas con los ojos distantes y vidriosos. Ahora, siendo honesto, se ve así todo el tiempo.

—Okey —digo—. En fin, tengo que cancelar nuestros planes de esta noche.

—Está bien —responde sin rastro alguno de curiosidad en su voz.

—¿Seguro? —Había ensayado esta conversación en mi cabeza y no está saliendo como esperaba. Es nuestro cumpleaños y me duele que no le importe, aunque supongo que soy yo el que está cancelando—. ¿De verdad?

—Sí, está bien.

—Es que Susan dice que está lista para… —comienzo a hablar, pero él simplemente se saca algo de entre los dientes.

—Claro —murmura. Llegamos a su destino y él se voltea hacia la puerta—. Tú haz lo tuyo.

—Podemos salir otro día.

—Sí, si quieres. Te veo en el juego. —Se despide con la mano como distraído y entra a su clase.

Me quedo parado en el pasillo vacío, haciendo y deshaciendo los puños, sin estar completamente seguro de lo que acaba de pasar.

MORGAN

Mi cuerpo no solo es una máquina.

Es una máquina eficiente. Una máquina poderosa. Una máquina de matar. La primera mitad del juego, la cual pasé en la banca porque papá no quería que pareciera que tenía favoritos, fue mala. Dimos pena. Los Pioneros nos dieron una paliza. Íbamos perdiendo por tres *touchdowns*; encima, Nate y un chico de primer año también estaban en la banca con un tobillo torcido y quizá un dedo roto. El medio tiempo llegó tan rápido como se fue. Papá me hizo una seña y yo me troné los dedos.

La defensa no es mi fuerte, todavía me falta tamaño, pero está bien porque de esto no te recuperas con defensa. Atrapo una patada y dejo el balón a unos centímetros de la zona de anotación de los Pioneros. Aprieto los dientes con tanta fuerza que quizá se rompan. Atravieso y burlo a jugadores que intentan atraparme y derribarme. Me convierto en una amenaza en cada jugada, y cuando atravieso su línea y me dirijo a la izquierda, están tan concentrados en mí, en intentar sacarme del campo, que apenas notan el pase a Eric y anotamos.

La multitud grita, esperanzada por primera vez desde que comenzó la vergüenza de este juego; se siente bien. No tan bien, digamos, como los sueños en los que soy porrista, en los que soy una chica en las gradas animando a su novio, en los que estoy en el equipo de basquetbol o voleibol femenil, en los que soy una rebelde como Jasmine, fumando bajo las gradas y poniendo los ojos en blanco ante todo esto. No, esto se siente bien así como ganar en un videojuego. Un número se hace mayor y me dan una recompensa por eso. Es todo. No hay ningún efecto de euforia, así que no hay ningún bajón cuando regreso a la realidad.

Continuamos y comenzamos a darle la vuelta al marcador. Ni siquiera es tan difícil. Jalo cascos cuando los árbitros no están mirando. Pateo barbillas y escupo en sus camisetas. Finalmente, es un juego mental. Mientras más me odien, más intentarán perseguirme al inicio de una jugada, aunque *sepan* que el balón va hacia Eric. Y, con toda honestidad, yo ya me odio, así que es fácil hacer que ellos me odien también.

Me tumban un par de veces, pero no es la primera vez que me golpean, y al menos ahora traigo casco y los adultos intervienen si se sale de control. ¿Dónde estuvieron antes? ¿Cuántas veces me defendieron cuando la gente me tiraba cosas, me golpeaba el estómago, me escupía o me llamaba marica? ¿Y ahora me animan? No sé quién es más hipócrita, si ellos o yo.

Larga vida al futbol.

Un Pionero de la línea defensiva me ataca en la siguiente jugada y me tira al suelo como si fuera una muñeca de trapo; el golpe en la cabeza logra traer de regreso un recuerdo poco bienvenido.

Son las primeras vacaciones de Navidad después de que mamá murió y Eric se va dos semanas a visitar a su abuela, lo que me deja las opciones de quedarme solo en casa con papá, envuelto por el luto, o merodear por Thebes en bicicleta. Es tarde y el sol comienza a ponerse. Estaciono la bicicleta fuera de una cafetería, esperando poder comprar un chocolate caliente con los billetes arrugados que traigo en el bolsillo y sentarme afuera a ver las luces parpadeantes por toda la calle principal. Pero cuando me formo, escucho risas. Las ignoro. Siento pedazos de papel y de basura en el cuello y en el enorme abrigo que traigo para cubrir mi diminuto cuerpo. También ignoro eso. Entonces, unas voces risueñas dicen mi nombre y, aunque sé que no debería, me volteo. Hay tres chicos que reconozco vagamente del equipo representativo junior, probablemente de segundo año, enormes en comparación conmigo. Me sonríen desde una mesa en la esquina.

—¿Qué? —pregunto.

—Te lo dije —dice uno de los chicos. Creo que se llama Clark. Se inclina hacia adelante y golpea a otro de los chicos (¿Peter, tal vez?) en el brazo—. Te dije que era él.

—¿Qué quieren?

—Por Dios —responde Peter—. ¿Qué te pasa? ¿No tienes espíritu navideño?

—Me aventaron basura —reclamo.

—Mi avintarin bisura —se burla el tercer chico, el más grande. Se llama Zack—. No seas llorón.

—¿Qué quieren? —Me doy la vuelta para ver si algún adulto planea intervenir. Ninguno se ha dado cuenta, lo cual me parece improbable considerando lo ruidosos que son estos tres chicos, o quizá creen que los Gatos Salvajes son intocables.

—Teníamos una pregunta —explica Clark.

—Sí —añade Peter.

—¿Qué? —repito, y odio cómo se quiebra mi voz.

—¿Por qué te saliste de la liga juvenil? —pregunta Zack. Su cara se cubre con una sonrisa. Antes de poder contestarle, continúa—: Dicen que te hiciste superpopular en los vestidores y te aburriste porque se la chupaste a todos.

No comprendo del todo lo que eso significa, pero lo entiendo a grandes rasgos. Sé lo que están insinuando y me dejo llevar por la vergüenza y el enojo.

—Mi madre murió —digo y, por Dios, eso sí que duele, pero espero que quizá con eso me dejen en paz.

—Seguro se suicidó —sugiere Peter.

Mis pies me llevan hacia su mesa. Tomo una de las tazas que tienen enfrente. Están demasiado ocupados riéndose y dándose codazos para darse cuenta.

—Yo también me mataría si mi hijo fuera mari... —antes de que Clark termine volteo la taza y vierto café sobre sus libros y regazo—. ¿Qué te pasa? ¡Maldito psicópata!

—¡Oye! —suena la voz estridente de una señora. Todos nos quedamos inmóviles y cuando me volteo veo a la dueña, una mujer robusta, de cabello largo y con un mandil manchado. Rodea el mostrador con las manos en la cadera. Lanzo una mirada por toda la cafetería y me doy cuenta de que conozco a casi todos los presentes: profesores, padres de otros alumnos, chicos más grandes. Todos nos observan con los ojos como platos, están susurrando. Dejo salir un respiro de alivio entre la rabia y la vergüenza, porque al menos ahora sí hay adultos poniendo atención. Ahora tienen que hacer algo. La mujer se detiene cerca de mí y me dice desde arriba a manera de regaño:

—¡Fuera!

Al principio no lo entiendo. Volteo a ver a los chicos sintiéndome ganador porque obviamente los está sacando, pero entonces mi cuerpo se adormece cuando entiendo la realidad.

—¿Yo? —pregunto.

—Sí, tú —me dice—. No puedes hacer esas cosas aquí.

—Pero ellos...

—No me importa —refuta ella con las manos arriba—. No importa.

Después de eso comencé a usar sudaderas con gorro todo el tiempo. Al principio era solo para esconder los moretones que me hicieron más tarde en el parque y, después, supongo que fue para esconderme de mí. Papá y Eric nunca se enteraron.

El recuerdo me jala como unas manos que salen de una tumba a medianoche en una película de terror. Lo alejo y juego a pesar del dolor. Es mejor usarlo que permitir que me use, así que finjo que cada Pionero en la línea de *scrimmage* es uno de esos tres chicos mayores.

Recuperamos terreno sin dejarlos avanzar más que unas cuantas yardas. Es un matadero, una marea roja que llega más arriba de nuestros tobillos. Levanto la vista, quedan cinco segundos en el reloj y los otros solo nos superan por un maldito gol de campo. Estamos a diez yardas de distancia. Puedo notar el miedo en sus ojos y me doy cuenta de que todo ha valido la pena solo para ver a mi oponente palidecer y retroceder ante mí.

El *quarterback* inicia la jugada. Eric corre campo abajo. Yo me hago a un lado. Me siguen más a mí que a él. Bien. Pero entonces volteo y veo que dos Pioneros rompen nuestra línea y se dirigen hacia el *quarterback*. Aunque no puedo ver su cara, interpreto el pánico en sus movimientos.

Las cosas suceden en cámara lenta. Estoy tan cerca de él que hacemos contacto visual, puedo notar que quiere arrojar la pelota y convertir esto en una jugada de acarreo. Sacudo la cabeza con desesperación. Tiene dos receptores abiertos, si tan solo mantiene la calma y lanza el balón...

«*Por favor*, no me lo lances a mí. *Por favor*, apégate al plan».

La lanza discretamente hacia mí. Varios Pioneros le caen encima como avalancha, pero yo solo tengo ojos para el balón. Lo tomo y me doy vuelta. Mantengo un poco de esperanza solo para encontrarme con cuatro Pioneros corriendo en mi dirección. Por un minuto, me permito creer que hay una separación por la que cabe mi pequeño cuerpo y me dirijo hacia ella, pero si había o no, desaparece.

Mi única opción es correr a un costado y rezar por ser lo suficientemente veloz para esquivarlos y llegar a la zona de anotación antes de que me saquen del campo. Por primera vez en mucho tiempo, el pánico derrite la barrera entre mi cuerpo y yo, y de nuevo soy una unidad, un animal que corre desesperando. Muevo las piernas y lanzo un grito sin sentido, intento ahuyentar a los defensas. Cuando doy la vuelta y mis pies se acercan a la línea que delimita el campo, pienso que quizá lo he logrado.

Pero entonces de lado me caen encima noventa kilos en forma de un adolescente enojado y caigo sobre la tierra. El reloj suena. El juego se acaba. Ellos ganan.

Su lado grita de felicidad y siento cómo alguien me patea un costado. Se siente igual que todas las demás veces que me patean estando en el piso. Nada ha cambiado.

Realmente, por unos momentos, no me doy cuenta de lo que pasa. Veo una neblina roja, siento una pulsación en las glándulas de la garganta y una presión en la parte trasera del cráneo. Veo luces mientras me pongo de pie, cruzo el campo y entro a los vestidores. Me quedo ahí un momento, apretando los dientes, tomando grandes bocanadas de aire. Escucho el murmullo de un ventilador y el sonido distante y profano de una celebración. Dos ideas se disputan en mi cabeza, como dos tigres enjaulados y hambrientos.

Idea uno: las almas son reales o los cerebros femeninos o masculinos son reales, y yo soy una chica con la terrible suerte de haber nacido en el cuerpo de un chico. Y ahora que de verdad le di una oportunidad a esto, me doy cuenta de que en realidad nunca tuve opciones.

Idea dos: soy un pervertido patético que siente lástima por sí mismo y que ni esto puede hacerlo bien.

Me encorvo, me cubro las orejas y cierro los ojos. Sale de mí un ruido, el gruñido crece y se convierte en grito. Me pongo de pie, levanto el brazo y arrojo mi casco con fuerza. Se estrella contra un casillero, sale rebotando y deja una abolladura, las barras de la careta se rompen. No me siento bien, pero sí me siento mejor. Así que decido soltarme.

Pateo unas cuantas bancas y arranco carteles de la pared. Estrello mi puño contra un casillero, lo abollo y el dolor, de un rojo intenso, se libera, y reemplaza a todos los demás sentimientos. Así que golpeo ese lugar a propósito y me siento mejor. Golpeo y golpeo y golpeo, ignorando la mano adormecida que empieza a pulsarme de dolor. Lo único que veo son las abolladuras que hago en el metal y las manchas rojas que dejo.

—¡Morgan! —grita papá.

No me detengo. La puerta se sale de las bisagras y se dobla de la cerradura, pero sigo y golpeo la pared detrás de ella, feliz de ser un animal salvaje porque así puedo no ser yo. Cualquier cosa es mejor que ser yo porque «¿para qué ha sido todo esto?». Poco a poco, he matado a mi verdadero yo con todo esto: con el alcohol, las pesas y el futbol. La plática en los vestidores, el maldito marcador, las estrategias sin fin y sin sentido. ¿Para qué? *¿Para qué?*

Alguien me toma de la cintura y me avienta al suelo. Levanto la vista, respirando con dificultad, y veo a Eric mirándome desde arriba, todavía con hombreras y el pelo aplastado. Me está diciendo algo, pero solo escucho un zumbido y no puedo recuperar el aliento. Por un momento me avergüenza que me vea así, que incluso cuando intento ser normal no puedo serlo, pero entonces otra ola de ira sale de algún lugar profundo dentro de mí. Él se inclina para ayudarme a ponerme de pie, pero golpeo su mano.

En este momento lo odio por ser parte de mi vida. A él y a papá. Si no los amara, si no me importara lo que pensaran de mí, si no tuviera tanto miedo de perderlos, estaría más cerca de alcanzar mi libertad. Quiero que desaparezcan.

Yo quiero desaparecer.

Papá entra en mi campo de visión.

—Despéjense un momento, chicos —dice. Me jala, me ayuda a sentarme en una banca y rodea mis hombros con sus brazos. No me resisto. Un tanto confundido tras el enojo, pienso en que este último año me ha abrazado más. ¿Por qué antes no lo hacía? Seguramente si tuviera la mente clara podría pensar en muchas excusas, pero ¿para qué? O quizá es que ahora sí tengo la mente clara y la verdad es que para él, así como para cualquier otro hombre en este pueblo moribundo y dilapidado de mierda, lo que sea que yo tengo es contagioso y no estaba dispuesto a arriesgarse ni por su propio hijo.

Nos quedamos ahí sentados un rato, nuestros hombros tocándose. No me dice nada. Mi respiración se normaliza.

—Te lo estás tomando demasiado personal, ¿no crees? —dice finalmente.

—Supongo.

—¿Te digo un secreto? —No respondo—. Solo es un juego.

—Tú sabes que no —espeto—. En la escuela todo gira en torno al partido. —Paso saliva y siento pulsaciones de dolor en la garganta.

—Mira. Solo porque algo sea en serio, no significa que te lo tengas que tomar en serio. Sé que tienes pasión y me da mucho gusto pero… se supone que también es divertido.

Me encojo de hombros.

—¿Y si vamos a Knoxville el próximo fin de semana? —sugiere—. Solo tú y yo, un fin de semana de hombres. Podemos ir a un juego de los Vols y relajarnos, para que recuerdes por qué te gusta el futbol.

Vuelvo a encogerme de hombros, con menos convicción esta vez. Conforme desaparece la rabia, se acumula la confusión. Todo se derrama y se vuelve gris.

—Escucha —dice y me soba el brazo—. Hablo en serio. Deberías sentirte orgulloso. Lo has hecho muy bien. Nos ayudaste a acercarnos a hacer historia después de ¿qué?, ¿cinco años sin jugar? Eres un prodigio, Morgan. Y siempre tendremos el siguiente año, ¿no? El siguiente año los derrotaremos.

El siguiente año. Parpadeo. Siento los ojos secos. El siguiente año. Cometo el error de pensar en el futuro en un momento en el que la barrera está abajo, cuando me siento débil y no puedo esquivar los pensamientos peligrosos. Me imagino haciendo esto otro año. Me imagino graduándome de la preparatoria así, yendo a la universidad así. Imagino mi cuerpo con vello. Mis músculos enormes. Entonces pasa más tiempo. Mis piernas adelgazan, me brota una barriga, la línea del cabello retrocede, me crece una barba que después se vuelve gris. Me imagino casándome con una mujer que no me gusta solo para no sentirme culpable cuando se dé cuenta de que no la amo. Intento imaginarme más allá de los treinta años, pero solo veo estática. Daría lo mismo estar muerto.

Es fácil aguantar la respiración cuando estás en la superficie y me doy cuenta de que eso he estado haciendo. Solo que ahora que estoy poniendo atención, veo que la superficie no está aquí. Estoy cientos de kilómetros abajo, tan profundo que la luz no me alcanza, tan profundo que la presión me aprieta las costillas y, si intento nadar hacia arriba, mi cuerpo se contorsiona de forma irreconocible.

¿Qué se hace cuando no puedes nadar hacia arriba ni hacia abajo y quedarte en el lugar te sofoca? ¿Dónde está mi ayuda? ¿Por qué nadie se ha dado cuenta de que necesito ayuda?

Por fin me doy cuenta de que la ayuda no llega. Nunca iba a llegar.

—Sí —digo. Asiento como una máquina y me pongo de pie para irme. Me sonríe con esperanza y parpadeo—. Sí. Lo siento. Buena plática.

Tomo mi mochila y atravieso las puertas de los vestidores hacia la humedad del campo. Encuentro a Eric cerca, pálido y mordiéndose las uñas. Cuando me ve, se acerca trotando, como si quisiera abrazarme, pero entonces se detiene.

—Hola —saluda—. Estábamos preocupados por ti.

—¿Quiénes? —exijo saber. Lo rodeo y me asomo al campo con dirección a las gradas. Pensar que hay gente hablando de mí a mis espaldas hace que me hierva la sangre. Que piensen que soy débil…

—Yo, William, los otros chicos…

Intento empujar a Eric de nuevo.

—¿Qué? —Eric me toma del hombro y me gira para que quede frente a él—. Morgan, oye.

—William —digo. Esta derrota fue culpa del *quarterback*. William. De primer año. Equipo representativo junior. Solo jugó porque Nate se había lastimado. No debió haber estado en el campo en lo absoluto, porque claramente no ha puesto atención a nada de lo que papá le ha dicho. Es *su* culpa que yo me sienta así. Es *su* maldita culpa.

Voy a iniciar una pelea con William. Siento que todas las células de mi cuerpo intentan desprenderse, como si mi ser solo quisiera derretirse e irse por una alcantarilla. Y lastimar a los otros y a mí es la única forma de mantenerme en una sola pieza.

—Creo que deberíamos ir a un lugar más tranquilo —propone Eric—. Claramente necesitas hablar. Puedo cancelar mis planes con Susan…

—No, no —interrumpo—. Estoy bien. —Me limpio la sangre en la camiseta y respiro por la nariz—. Solo hazme un favor y dime a dónde se fue William. Después puedes ir a coger con tu porrista.

—¿Qué diablos te pasa, hombre? —pregunta Eric. Da un paso hacia atrás y me mira como si yo fuera un accidente automovilístico—. ¿Por qué te comportas así?

—¿Así cómo? Solo quiero saber dónde está William.

—Y yo solo quiero ayudarte…

—¡Pues no puedes! —grito. Lo tomo de la camiseta y lo jalo para que su cara quede a centímetros de la mía y por más que mi corazón quiera recordar la última vez que estuvimos así de cerca, mi instinto me dice que lo empuje de nuevo—. Nadie puede ayudarme, ¿okey? Olvídalo y déjame en paz.

—Morgan —murmura con un tono patético y quejumbroso. ¿Por qué habría de quejarse él? Lo tiene todo: su familia tiene dinero, a todos les cae bien, está saliendo con una de las chicas más bonitas de toda la escuela, sus padres están vivos, tiene un futuro brillante. Probablemente yo sea la única mancha en su vida reluciente. —Hombre, por favor, eres mi mejor amig…

Lo empujo de nuevo y le pongo mala cara.

—¿Susan sabe que ella no fue tu primer beso?

—¿Qué?

—¿Le contaste a tu novia que me besaste?

—No —admite con un hilo de voz. Se acaricia un brazo y baja la mirada al pasto—. No le dije. No quería que…

—Yo le diré —amenazo. Sus ojos se abren como platos y su mirada rápidamente sube a la mía. Su boca dibuja una línea recta que denota pánico—. Les diré a todos a menos que me digas a dónde se fue William.

Se queda mirándome un buen rato, formando un puño con la mano y soltándolo mientras escuchamos el murmullo de la multitud yéndose y el distante ruido de llantas sobre la grava. Veo cómo se abren sus fosas nasales y su pánico se convierte en un entrecejo fruncido.

—Al estacionamiento —dice Eric al fin. Su voz es plana y gris como el cemento—. Todos se fueron al auto de Nate a esperarte.

—¿Ves? ¡Qué fácil fue!

—¿Qué vas a hacer?

—Por su culpa perdimos —lo acuso. ¿A quién le importa realmente el juego? A mí no. Ni hoy ni nunca. La verdad es que solo necesito algo que me distraiga de lo que estoy sintiendo ahora mismo. Me siento como un animal arrinconado y ya es hora de morder—. Lo voy a matar.

—Morgan —dice él—. ¿Qué…? Vamos, amigo, este no eres tú. Tenemos que hablar.

—Salte de mi camino, Eric.

—Okey —responde—. Como tú quieras.

Me doy la vuelta y camino hacia el estacionamiento. Una parte de mí, una vocecita como salida de un sueño bobo, me ruega que me detenga, que me dé la vuelta, al menos para ver si Eric sigue ahí. Entierro esa voz en el vacío.

El estacionamiento ya está medio desierto a estas horas y es fácil encontrar a los chicos al fondo, rodeando el auto de Nate, hablando y riendo aunque hayamos perdido. Qué bien por ellos. Nate me ve primero, levanta un brazo y suelta un silbido.

—¡Te tardaste bastante! —grita—. ¿Ya terminó tu drama en los vestidores? Los demás queremos cambiarnos.

—Sí —respondo—. Adelante.

El equipo y yo nos cruzamos en direcciones opuestas; algunos siguen con hombreras, otros van sin camiseta, pues la traen colgando del hombro y cargan el equipo con sus dedos gordos. Veo a William entre ellos, viéndome con la misma patética cara de preocupación que me dan ganas de destruirlo. Lo tomo del codo con mi mano buena.

—¡Oye! —reclama. William jala el brazo pero lo tomo con más fuerza—. ¿Qué quieres?

Algunos chicos siguen caminando. Otros se detienen en esta isla iluminada para observar, aunque guardan su distancia. Veo a William de arriba hacia abajo, observo cómo su cara cambia de confusión a frustración y luego a indignación. Entonces reúno todo el dolor de mi corazón, todo el ruido que hay en mi cabeza y lo convierto en una bola blanca y ardiente de luz. Con un paso al frente, casi pecho a pecho con este chico que en realidad nunca me ha hecho nada malo, hago la cabeza hacia atrás y la choco contra la suya.

ERIC

Una vez que Morgan rodea las gradas y sale de mi vista, tomo un camino distinto al estacionamiento, detrás del edificio de música, y siento como si yo mismo estuviera levitando detrás de mí. Incluso ignorando lo de la amenaza, no tengo interés en verlo destruirse a sí mismo.

Morgan no se atrevería a decirle a Susan, ¿o sí? ¿Les contaría a todos? Estas preguntas dan vueltas sin control en mi cabeza, pero cuando llego a mi auto, ese que solía ser de Peyton y antes de Isaac, me doy cuenta de que las respuestas son sí y sí.

Está enfermo. No sé de qué, no soy psicólogo, pero algo está mal en su cabeza desde hace años. Necesita ayuda. Intento no pensar en eso, quiero decir que no es mi problema. Sin embargo… cuando conoces a alguien de tanto tiempo, sí es tu problema. ¿Y si le hubiera dicho que no hiciera la prueba para el equipo de futbol? ¿Y si me hubiera negado a rasurarle la cabeza? ¿Y si no le hubiera ayudado a ponerse en forma tan rápido? Y si, y si, y si…

Quiero recuperar a mi amigo, eso es lo que pasa. Debajo de todos los detalles está esa idea tan simple: mi amigo se fue y quiero que regrese.

La idea de que lo he perdido para siempre me atraviesa el cerebro como un cuchillo. Me arden los ojos y veo borroso. Manejo a la lateral de la calle, preguntándome si seré alérgico a algo o si estoy enfermo, pero al tocarme la mejilla descubro que estoy llorando. ¿Cuándo fue la última vez que lloré? Ni siquiera lo recuerdo. Saber lo que dirían mis amigos si me vieran así solo añade más peso a esta ruptura.

Lo único que puedo hacer es sacarme esto del sistema antes de que Susan me vea. Así que pongo el CD que quemé con música triste, descanso la frente sobre el volante y espero a que se me pase. He perdido la práctica en esto de llorar y me siento un poco avergonzado, pero me agrada soltarlo. O quizá se siente bien y mal al mismo tiempo, como hacer ejercicio.

Una nueva canción aparece en el fondo y su letra se clava en mi cerebro.

«Linger on your pale blue eyes». La guitarra burbujea como un arroyo en un día de otoño. El vocalista prácticamente susurra.

Recuerdo esa tarde cuando Morgan se cayó del árbol, la primera vez que noté que era hermoso. Se siente tan triste hablar en pasado. Recuerdo que me agaché sobre él y entonces abrió mucho los ojos: fue la primera vez que los vi de verdad. No eran de un azul pálido, sino de un azul verdoso. Cuando lo levanté, me miró con tanto alivio y afecto que me congelé.

Ahora sus ojos son duros y sombríos.

Pero no puedo quedarme llorando para siempre. Quizá la memoria me falla, pero si alguien viera nuestras vidas, estoy seguro de que no podría acusarme de no haber hecho mi mejor esfuerzo. Probablemente no fue suficiente, pero eso no es mi culpa. Solo puedo seguir adelante, ¿no? Tal vez no se puede arreglar a otras personas. Tal vez nunca estuvimos destinados a ser amigos para siempre. Después de varias respiraciones largas y entrecortadas, vuelvo a la normalidad, sobre el camino, volando hacia algún tipo de hombría.

MORGAN

Se me ocurre, mientras William me toma de la muñeca lastimada y la tuerce hacia un lado, que de nuestras dos posiciones, la de *quarterback* es la que requiere menos cardio, así que él no está tan cansado como yo, ni cerca. Me golpea con su mano libre una y otra vez; veo blanco y luego negro. Y por supuesto, él tiene dos manos buenas porque no golpeó un casillero.

Pateo sus piernas pero él me empuja y, con la visión nublada, me tropiezo con mis propios tobillos y caigo sobre el pavimento. Si mi intención hubiera sido ganar, claramente esta habría sido una idea estúpida. Él salta sobre mí, para inmovilizar mis caderas y comienza de nuevo a golpearme salvajemente tanto en el cuerpo como en el rostro. Eventualmente, después de una eternidad de adrenalina, los chicos que nos observan deciden que es suficiente. Al principio se resiste, desesperado por seguir golpeándome, pero al final cede. Lo levantan y justo cuando creo que puedo volver a respirar, su cara se tuerce en una última mueca y me patea tres veces mi ya adolorida pierna.

—¡Imbécil! —grita mientras lo alejan a rastras. Se limpia un poco de sangre de la nariz y escupe tan cerca de mí como puede—. ¡Maldito psicópata! Quizá habrías corrido más rápido si no estuvieras siempre borracho.

«Sí», pienso. «Tal vez. Probablemente sí».

Se alejan bajo las luces del estacionamiento, supuestamente a los vestidores. Nadie se queda para asegurarse de que yo esté bien. Okey. Me quedo tirado un rato, dejando que las luces giren arriba de mí.

Después de perder la cuenta de los minutos que llevo ahí, lentamente me incorporo, temblando del dolor en el estómago y en la espalda. El mundo se ve borroso por mi ojo inflamado. Me siento sobre mis piernas, aunque me duele poner demasiado peso en el tobillo lastimado; me muevo un poco y, finalmente, me paro sobre unas piernas temblorosas. Es un avance. Mi estómago empieza a rebelarse, pero lo contengo y tomo mi mochila; busco en el desastre de papeles que hay adentro hasta que eventualmente encuentro mi celular. ¿Para qué lo quiero? Lo saco, tambaleándome, y me doy cuenta de que estuve en piloto automático por un minuto.

Supongo que mi instinto fue llamar a Eric. Ante eso, mi estómago se queja con más ruido. Ahora que ya me purgué de adrenalina y dolor, me siento con la mente bastante clara y racional, al menos en comparación con hace unos minutos. Comienzo a darme cuenta de las cosas que le dije. Fui muy cruel con él, ¿y si esa fue la gota que derramó el vaso? ¿Y si no quiere volver a verme?

Mi mano empieza a temblar. Tengo que disculparme. Comienzo a marcar su número, intento pensar en qué le diré para arreglar esto, pero no importa porque la llamada se va al buzón de voz. Probablemente me colgó porque está enojado conmigo.

Pero sé lo que hará esta noche. Me imagino mi nombre iluminando la pantalla de su celular mientras este vibra patéticamente sobre una mesa de noche. De cualquier forma, me siento completamente solo, más que nunca. Noto que no he colgado y sé que estoy grabando un mensaje de voz. De repente es demasiado y no puedo soportarlo. Dejo caer el celular en el concreto, levanto mi pie sano y lo piso hasta que la pantalla se apaga.

ERIC

Susan recarga el rostro en mi hombro y deja salir una risita suave y amortiguada mientras abro la puerta de entrada, y siento una gran calidez en el cuerpo; el estrés y la vergüenza del día se derriten felizmente con el olor a lavanda y mango. Pasé por ella a su casa: salió con una gran sonrisa; se veía tan contenta que su cola de caballo rebotaba de aquí para allá. Llegamos a mi casa y notamos que ninguno de los autos de mis padres estaba en la cochera.

—¿Hay alguien en casa? —susurra Susan, tan alto que estoy seguro de que mis vecinos pueden escucharla.

—Nop —digo y entro. Papá se fue a beber con sus compañeros de trabajo saliendo del juego. Mamá está en uno de sus clubs de lectura, lo que en realidad significa que está tomando vino blanco con sus amigas.

Mi novia se arroja al sillón con un gritito agudo y feliz, y agita las piernas en el aire. Después me mira con ojos coquetos y a medio abrir.

—Entonces —empieza, y se desliza por el sillón hasta apoyar la espalda en el descansabrazos; sus ojos brillan—. ¿Y si te doy tu regalo de cumpleaños aquí y ahora?

Me siento en el descansabrazos del sillón, sostengo su nuca y la beso con más intensidad que nunca; estoy intentando transformar en algo más esta tristeza que sentí al ver que Morgan se quebraba. «Esto puede ser algo más», me digo.

—Vamos arriba.

Cuando por fin estamos en mi habitación, Susan me empuja con suavidad y caigo sobre mi cama. Ella se sube también, su rostro se convierte en una silueta contra la lámpara que cuelga de arriba. Entonces se coloca encima de mí, se desabotona lentamente la blusa y la hace a un lado.

De verdad vamos a hacer esto. Okey. *Okey.*

Mi mente está en blanco, todo pensamiento que he tenido en mi vida se hace a un lado. Siento que mi cuerpo está en llamas. Quiero esto y noto que Susan también lo quiere.

—Ve despacio —susurra y lo único que puedo hacer es asentir.

Parece que explotó un horno en mi cuarto. Me limpio el sudor del rostro y acaricio la parte trasera de su cuello.

—Necesito agua —dice y se voltea hacia mí—. ¿Puedes ser el mejor novio del mundo y traerme un vaso de agua?

—Tus deseos son órdenes.

Me pongo los bóxers y me dirijo a la cocina. El corazón todavía me late con fuerza y no puedo evitar pensar que estuvo increíble. Cuando regreso, encuentro a Susan sentada en la cama con las piernas cruzadas; tiene mi guitarra en el regazo y está jugando con las cuerdas.

—Ya nunca tocas. ¿Por qué?

—No sé. Supongo que lo superé. —Tomo la guitarra de sus manos y la noto polvosa por haber estado arrinconada durante un año. Toco unos cuantos acordes y tarareo; el placer de tocarla regresa.

—Eso suena bien —dice ella, con los ojos entreabiertos—. Y tú también te ves bien.

Siento cómo mis mejillas se enrojecen y sonrío tímidamente. Susan estira su mano, yo la tomo y dejo la guitarra recargada contra la cama. Se acomoda junto a mí, se acuesta y coloca mi mano sobre su pecho, con el rostro hacia la ventana. Me uno y los dos nos acostamos en silencio, su espalda contra mi pecho, mientras escuchamos el sonido de nuestra respiración y nos quedamos dormidos.

Cuando estoy a punto de quedarme dormido, escucho que mi teléfono vibra sobre el buró. Lo tomo y veo un mensaje de mamá y, antes, una llamada perdida de Morgan junto con un mensaje de voz de un minuto. Mi teléfono debe de haber estado bajo las sábanas o algo así porque no vi la llamada. Escucho el mensaje, pero es solo estática que termina con un golpe. ¿Qué rayos?

Vuelvo a escuchar la grabación, intentando descifrar lo que pasó con Morgan. ¿Por qué me llamó? Cualquier otra persona pensaría que fue una llamada accidental. Pero esto es raro. Algo anda mal.

Susan está dormida sobre mi brazo, así que uso solo una mano para escribirle un mensaje: «¿Todo bien?».

Pasan diez minutos y no obtengo respuesta. Intento llamarle pero su teléfono me manda directamente al buzón de voz. Me quedo viendo cómo da vueltas el ventilador del techo. Cuento los minutos. Vuelvo a llamar. No hay respuesta. Esa vieja presión ominosa regresa a la parte trasera de mi cuello, como si cada nervio de mi cuerpo estuviera tocando la puerta de mi cabeza, exigiendo atención.

Susan se mueve y me observa, sus cejas se juntan en una mueca consternada y adormilada.

—¿Qué pasa? —pregunta.

Hago una pausa. No estoy seguro de lo que diré.

—Creo que le pasó algo a Morgan.

MORGAN

Siento un diente flojo. Me toco el rostro para ver si algo anda mal. Mi mano termina manchada de rojo. Hay ron y ginebra en la casa, debajo de la cama de papá. Eso ayudará.

El camino hacia a mi casa en bicicleta se siente eterno por la presión en mi tobillo lastimado. Las luces que aún quedan de la calle principal pasan como rayos en la noche, parece una sucesión de cuerpos disecados e iluminados por la luz de la luna. Recorro las entradas de casas estrechas, donde grupos de amigos se congregan bajo la luz con cigarros y cervezas, y el humo se mezcla con la nube de insectos que los sobrevuela. La plática se detiene cuando me ven y puedo imaginarme cómo debo lucir en mi camiseta rota y cubierta de sangre y el rostro seguramente desfigurado: como una especie de monstruo triste y desesperado, el Demonio de Thebes que sale de la oscuridad cojeando de un fracaso a otro.

Finalmente, después de no sé cuánto tiempo más, llego a nuestra casa rodante, subo los escalones y abro la puerta a la sala. Papá sigue en la escuela, repasando el juego de hoy con los entrenadores asistentes. Enciendo las luces y me encuentro con nuestras habituales pilas de ropa sucia y platos sin lavar.

Azoto la puerta. Me dejo caer hasta terminar en cuclillas. Estrujo mi cabeza. Respiro con dificultad, con la mandíbula apretada. Ahora que de nuevo estoy a solas y no tengo nada que hacer, los recuerdos sueltos y los pensamientos indeseados regresan como avalancha. Bajo la mirada y veo un sobre amarillo en el suelo, tiene las esquinas dobladas y su caligrafía redonda y familiar me golpea en el pecho con más fuerza de la que William es capaz.

«Morgan, dieciséis».

Respira. Respira. Respira.

Levanto la carta y, apoyado en mis rodillas temblorosas, la arrojo a la mesa de centro. Aún no, todavía no puedo leerla.

A oscuras cojeo hasta el cuarto de papá y me muerdo las mejillas con suficiente fuerza para hacerme sangrar. El licor está debajo de la cama, como siempre. Dejo el ron al lado de la carta de mamá, llevo la ginebra afuera y me siento en los escalones de la entrada. Comienzo a beber. El tiempo se desliza como una camioneta sobre hielo negro.

No empieza siendo un plan. Solo empieza como un dolor sin fin y mi cerebro es un panal de abejas, pero entonces levanto la botella para tomar otro trago, la encuentro vacía y me doy cuenta de que… bueno, un hígado humano solo resiste hasta cierto punto. Cuando parpadeo, mis ojos no coordinan. «Un hígado solo resiste hasta cierto punto», pienso de nuevo y mi cuerpo necesita un hígado para seguir con vida y, maldita sea, yo no quiero seguir con vida.

Esa es la solución. ¿Qué hacer cuando estás bajo el agua y no puedes nadar a ningún lado? Te relajas y respiras hondo y acuoso.

Dios mío, ¿por qué no pensé en esto antes? He pensado en no querer vivir, pero nunca de forma activa. Arrojo la botella vacía de ginebra a la entrada de grava y la veo romperse con indiferencia, ira y una soledad tan intensa que grita.

La carta de mamá me llama desde el interior de la casa. Si logro entrar al cielo después de esto y veo a mamá, ¿estará enojada conmigo? ¿Puedo herir los sentimientos de alguien que está allá?

Entro a la casa, me tiro sobre el sillón mientras tomo el ron y rompo el sello de la carta. Apuesto a que sí se pueden herir sentimientos en el cielo, solo que no tanto. Como una rodilla después de una caída pero en el corazón. Saco la carta, pero no la desdoblo todavía.

Tal vez en el cielo sea una mujer. No es, para nada, la primera vez que pienso en eso, pero se me ocurre que tal vez no hay mujeres ni hombres ahí, o que quizá el deseo de ser alguien diferente se me quite cuando suba. O quizá me vaya al infierno.

Extiendo la carta, enciendo la luz y leo. Veo borroso. Cierro un ojo e intento enfocar. La letra de mamá se ve más temblorosa y débil que antes, como si apenas tuviera la fuerza de continuar.

Morgan:

Dieciséis años. Qué logro. Aquí es cuando las cosas empezarán a ponerse interesantes para ti, hijo. Cada vez serás más y más independiente. Me preocupa pensar en eso, incluso ahora que estás viendo caricaturas en pijama en el otro cuarto. Pero también me preocupé cuando aprendiste a caminar. Era algo que tenía que pasar y esto también tiene que pasar. Dios. Me preocupo, pero me encantaría poder presenciarlo.

En fin. Ya te he dicho todo esto antes. Ya sabes que te amo. Sabes que te extraño y que no quiero dejarte. No quiero perderme tu cumpleaños dieciséis. Así que este es tu regalo: no sé qué te dijo tu padre para dejarte solo esta noche, pero él ya sabe el secreto. Va camino a Nashville a recoger mi viejo auto de casa de tu abuela, donde ha estado esperándote todo este tiempo. Regresará en la mañana e irán juntos a registrarlo a tu nombre. ¡Sorpresa! Maneja con mucho cuidado.

Me encantaría poder verte detrás del volante, con una novia bajo el brazo, conocer al hombre en el que te estás convirtiendo. Me encantaría verte como todo un adulto y ya no como mi niño pequeño.

Feliz cumpleaños, bebé.
Te amo,
Mamá

Termino de leer la carta y estoy sobre el piso del pasillo, me enrosco sobre el estómago, que me duele y se retuerce. Estoy sollozando tan fuerte que no puedo respirar, me cubro los ojos con una mano y me muerdo los nudillos de la otra.

Las cosas se desenfocan de nuevo. Hay platos rotos a mis pies y ahora estoy en la cocina, llorando incontrolablemente mientras tomo grandes tragos de vino para cocinar. Negro. Blanco. Puntos de luz que flotan de un lado a otro.

Estoy en el baño, hay pastillas que caen entre mis dedos como la arena. ¿Qué son? Es difícil saberlo en realidad. Me trago tantas como puedo. Me recargo sobre la regadera y sostengo una botella vacía sobre la mejilla, disfrutando cómo se siente el vidrio frío, en un último e insignificante acto de comodidad. Es difícil concentrarme en un pensamiento. Las cosas vienen y van con rapidez.

Lo último que recuerdo antes de que todo se volviera negro es que estoy encima del escusado, con la boca abierta en un solo llanto, apenas consciente de que en la taza hay demasiado rojo. Y pienso, con una repentina claridad considerando las circunstancias: «Al menos *esto* sí lo hice bien».

ERIC

Siento algo en el fondo de mi garganta, algo que me jala las costillas como un gancho. No puedo nombrarlo, pero tengo que ver a Morgan en este momento. Tengo que hacerlo.

Cada segundo que pasamos en el camino, una parte de mí espera ver sirenas y unas luces rojas y parpadeantes con dirección a su casa rodante. Pero es una locura, ¿no? Manejo exactamente ocho kilómetros por arriba del límite de velocidad y hablo como si todo estuviera normal, esperando que Susan no se dé cuenta de lo blancos que tengo los nudillos.

Dejo a Susan en su casa, le doy un beso y un millón de disculpas, después me apresuro a casa de Morgan. Doy la vuelta en su estacionamiento de casas rodantes como si estuviera en una película de acción, levantando grava hacia la oficina principal y después recorriendo sus estrechos senderos familiares. Cuando llego a su remolque, ni siquiera me estaciono, solo me detengo con dos llantas sobre el pasto y salto del auto.

Las luces están encendidas. Eso es bueno. Voy hacia la puerta, pero un crujido debajo de mis zapatos llama mi atención. Bajo la mirada para encontrarme con una botella de ginebra hecha pedazos y vidrios por toda la entrada. Me siento inmóvil, como en una pesadilla en la que, sin importar lo rápido que corras o lo fuerte que golpees, nunca será suficiente, excepto que esto es real. Atravieso el miedo como si fueran telarañas y ni siquiera toco la puerta, solo la encuentro sin seguro y la empujo.

—¿Morgan? —Entro. Es difícil saber si hay algo fuera de lo común porque este lugar suele estar muy sucio, pero hay un sobre y una carta sobre el sillón—. ¿Morgan?

Escucho un quejido que viene del pasillo. Lo recorro y me detengo al llegar a la puerta del baño. Un olor ácido a vómito me golpea la nariz. Se me detiene el corazón cuando veo a Morgan, mi más viejo amigo, la persona a la que más amo en el mundo, tirado en el piso, con el rostro sobre una combinación de sangre y vómito.

—¡Morgan!

Tomo una toalla, lo volteo y hago mi mejor esfuerzo por limpiarle el rostro y el cuello. Tiene sucio el cabello y la camiseta. Hay pastillas tiradas por todas partes. Tylenol, ibuprofeno, melatonina, varios antibióticos.

Tiene abierta la ceja izquierda y su nariz está claramente rota. Desde los labios hasta la barbilla, lo recorren dos líneas color rojo y café, como si se hubiera golpeado con la regadera. Pestañea, sus ojos se abren una fracción de centímetro y se vuelven a cerrar. Veo alrededor, pensando desesperadamente en qué medicina puede haber aquí que sea de utilidad, o algo que me ayude a deducir qué pasó, y descubro otra botella vacía cerca de la regadera.

¿Cuánto bebió? ¿Y también tomó todas estas pastillas? ¿Acaso intentaba…?

Oh. Dios. Lo hizo. Una de las últimas cosas que me dijo aparece de entre la oscuridad: «Nadie puede ayudarme».

Observo a Morgan y me doy cuenta de que, debajo de la sangre y el vómito, tiene manchas azules por doquier, sobre todo en la nariz y en las puntas de los dedos. Lo sacudo y grito su nombre, pero no vuelve a abrir los ojos.

—¡Vamos, Morgan! —grito. La voz me tiembla como un techo de hojalata durante una tormenta—. ¡Vamos! —Siento surgir una ola de enojo en la garganta. Lo sacudo con más fuerza—. No puedes hacerme esto. ¡Despierta!

No responde. Golpeo su pecho y me limpio los ojos, apenas consciente de cuánto me estoy ensuciando. Respiro con dificultad.

—Morgan, escúchame. Aquí estoy. Yo te cuido. —Mi voz suena áspera y me tropiezo con mis propias palabras—. Por favor, te necesito. —Morgan no dice nada y yo caigo en cuenta de lo que debo hacer.

Me pongo de pie, me limpio las manos y llamo al 911.

MORGAN

Mi cerebro es un campo minado de agonía. Doy la vuelta, sujetando las cobijas, y siento un jalón agudo del interior del codo. Es dolor de verdad, y me doy cuenta con pavor de que estoy consciente.

¿Qué pasó? Abro un poco los ojos para encontrarme simplemente con un color blanco cegador; me obligo a pensar y aprieto la mandíbula a pesar del dolor. Recuerdo haber perdido el juego. Recuerdo la pelea. La carta. Después todo se vuelve borroso.

Me sale un quejido de la garganta y abro los ojos completamente. Distingo una cama de hospital. Dos siluetas aparecen al pie de la cama. Parpadeo, enfoco y me trago la vergüenza con mi adolorida garganta. Eric y papá están conmigo, vigilándome, expectantes y ojerosos.

Cuando ven que despierto, Eric se acerca. Las costillas me duelen tanto que siento que gritan y tengo la piel sensible, pero también siento alivio. «Eric está aquí», me digo. «Eric está aquí».

—¿Eric? —alcanzo a decir. Sueno a algo roto y muerto.

—Sí —responde. Me estruja el hombro y papá se pone de pie, tiene los ojos abiertos con esperanza y miedo, y juntos acaparan toda mi débil vista—. Aquí estamos.

—Hijo —dice papá—. Dios mío, hijo. Hola.

Esta es la segunda vez que lo veo llorar. Me besa la frente. Pasa los dedos por mi cabello. Si pudiera moverme sin querer vomitar o llorar, tal vez intentaría alejarme, pero tengo que aguantar. Cierro los ojos y me doy cuenta de que en realidad esto se siente bien.

—Voy por café —anuncia Eric—. Les doy un momento a solas.

Lo escucho irse del cuarto y vuelvo a abrir los ojos. Papá jala una silla y la coloca al lado de la cama. Se sienta con un quejido. Recuerdo de repente haber deseado que desapareciera y me siento aún peor.

—El doctor dice que tienes suerte —explica papá. Se talla los ojos y me sonríe, aunque las líneas alrededor de sus ojos y boca lo traicionan y denotan una fatiga profunda—. Según él, no hay daño permanente. Te trajeron justo a tiempo.

—Qué suerte que me encontraste —murmuro. No se siente como suerte. Ahora mismo, en este momento, no quiero morir tanto como antes, pero aún siento que hubiera sido mejor.

—No fui yo —aclara. Parpadeo por la sorpresa. Él se encoge de hombros—. Yo venía de regreso de Nashville con el auto…

—¿Entonces cómo…?

—Eric te encontró —dice. Tendré que procesar eso después, porque en este momento solo puedo pensar en las últimas palabras que le dije, y no puedo evitar sentirme como un monstruo además de sentirme, literalmente, como mierda—. Gracias a Dios, llegó.

—Sí.

—Ahora, escucha. —Papá se limpia los ojos y hace un trabajo admirable al recomponerse—. Yo me llevo la culpa esta vez. —Comienzo a decir algo, pero me lanza una mirada fulminante, así que cierro la boca—. Ignoré muchos focos rojos. Tengo mis excusas, pero no acepto excusas de mis alumnos y no las aceptaré de mí mismo. Te fallé y lo siento, ya es hora de arreglarlo.

—Okey. —¿De dónde salió este papá? Siempre ha tenido modalidad entrenador y modalidad casa, pero nunca había visto las dos modalidades fusionadas.

—No te perderé a ti también. —Sacude la cabeza y aprieta los puños—. No es opción. Así que harás exactamente lo que yo diga, ¿okey?

—Okey...

—La terapia empieza la siguiente semana —avisa—. Terapia para ti, terapia para mí y terapia para los dos juntos. Vamos a dejarlo todo en la cancha.

No puedo evitar sonreír a pesar de las circunstancias. Por supuesto que está tomando una actitud de entrenador.

—Y ya no más futbol —sentencia. Pongo los ojos en blanco y me duele. Él se ve reflexivo—. ¿Intentabas hacer que te echaran del equipo?

—No sé —reconozco—. No a propósito. Tal vez.

—Tú no quieres jugar futbol.

Le doy la espalda y clavo la vista en el pasillo. El impulso de mentir sigue ahí, pero cuando sujeto con fuerza la cobija con mi mano buena, me doy cuenta de que ya no tiene caso.

—No —digo al fin.

—¿Por qué lo retomaste? —pregunta. Me encojo de hombros, sobre todo porque, en retrospectiva, mi razonamiento parece una locura—. Okey. Bueno, ¿por qué no me dijiste que querías dejarlo?

—Te hacía feliz.

—Por Dios, hijo. Que estés vivo me hace feliz. Eres mi hijo.

—Está bien. —De repente me siento insignificante y un poco idiota. Se talla las sienes y suspira.

Las máquinas del hospital hacen ruidos a nuestro alrededor y llenan el silencio. Escucho a una enfermera empujar un carrito por el pasillo. Volteo hacia papá y me raspo las mejillas contra la rugosa almohada de algodón. Me mira directamente a los ojos.

—Sé que lo que pasó esta noche se trata de más cosas además del futbol. Puedes decírmelo cuando estés listo. Pero por ahora, vamos a casa.

El corazón me taladra el pecho, tengo miedo de que siga presionándome. O quizá espero que lo haga. ¿No es eso lo que he deseado todo este tiempo?

—Te lo diré pronto —prometo.

Papá se rasca la barbilla y sube la mirada al techo, un murmullo pensativo emana de su pecho.

—Está bien, hijo. Es todo lo que pido.

Suelto un suspiro de alivio. Todavía no puedo. Necesito las palabras y necesito saber qué es lo que me detiene de decirlas, pero tengo que llegar a ese punto. ¿Qué otra opción tengo?

—Voy por Eric —dice, antes de ponerse de pie.

Dejo caer la cabeza en la almohada y tengo un momento de meditación adormilada. Quizá treinta segundos, quizá una hora. No lo sé. La voz distante de Eric me regresa a la realidad y veo que tiene la camiseta arrugada y manchada; sus ojos se ven tan perturbados que me golpean y me llenan de tristeza. ¿Cómo puede ser que Eric se vea así?

Siempre ha sido muy relajado, casual, incluso en este lugar, que debió de haberle quitado esas cualidades. ¿Quién podría ser el monstruo capaz de dejarlo así?

Pero entonces comienzo a recordar.

—Regresaste —digo, con una voz rasposa.

—¿Cómo estuvo su charla? —Eric baja la mirada hacia mí. Veo su rostro, mitad exhausto y mitad aliviado, y puedo notar que ha estado llorando. Veo mis nudillos vendados y se añade una capa de vergüenza a la costra de dolor y suciedad que me cubre por completo.

—Bien. —Pienso en preguntarle cómo me encontró, pero ¿qué explicación puede haber? Es mi Eric, lo necesitaba y él llegó.

—Qué bueno. —Eric toca el borde de la cama con el pulgar, tose y encuentra algo interesante en la esquina donde concentrar su mirada.

—Lo siento.

—Yo también lo siento —dice él.

Respiro tan hondo como puedo. Tal vez es momento de contarle. Pero mientras busco el valor para decírselo, finalmente comprendo que quizá nunca se trató de valor. Tal vez el problema es que yo odio esto sobre mí, así que asumo que todos los demás también lo harán. Pero… ¿Eric? ¿Ese Eric que aguanta horas de películas que no le gustan? ¿El Eric que pasaba tiempo conmigo aunque lo único que yo hacía era mentirle en el campo y luego quedarme en silencio a su lado? ¿El Eric que supo que debía buscarme? ¿El mismo Eric que está aquí, sentado a mi lado en este momento?

Es complicado, pero al mismo tiempo no lo es, y veo todo a través de esta neblina de medicamento. Pero en este momento silencioso llego a la conclusión de que *sí* le diré quién soy en realidad, quién quiero ser. Le diré a todo el mundo.

—Hay algo que nunca te he contado.

—Lo sé. Debí presionarte más o tal vez poner más atención o…

—No había nada que pudieras hacer o decir —afirmo. Aprieto su mano tanto como puedo, que no es mucho—. Eric, me hice atravesar un infierno para evitarlo. No podías haberme obligado a contarte. Pero lo haré. Pronto. Lo prometo.

—Okey —acepta. Me sujeta la mano con fuerza y sonríe débilmente—. Si tú lo dices. —Sus ojos se cierran, se inclina hacia adelante y presiona su frente con mis dedos—. Tuve mucho miedo. Mucho miedo. ¿Qué haría sin ti?

—¿Encontrar un pasatiempo? —sugiero. Los sollozos se hacen más ruidosos y noto que sus hombros se agitan—. No. Oye, no…

Levanta la mirada, de repente su rostro cubierto de lágrimas se ve decidido. Una parte de mí cree que debería recuperar mi mano en algún punto, pero la otra parte piensa que está bien dejarlo a él decidir cuánto tiempo sostenerla. Nuestras miradas se encuentran. Me doy cuenta de que su pulgar está dibujando líneas en la palma de mi mano y decido no decir nada. Eventualmente, mira a la puerta, quizá para asegurarse de que esté cerrada, y luego me mira a mí.

—Escucha…

—¿Mmm?

—Yo…

«Dilo», pienso. «Por favor dilo».

—No te doy permiso de morir —dice finalmente—. ¿Okey?

Aprieto su mano una última vez antes de liberar la mía y dejarla sobre mi regazo.

—Okey —le prometo—. Okey.

DIECISIETE

ERIC

Me duelen los dedos al pasarlos por las cuerdas de la guitarra, pero es un buen dolor. Creo que eso es lo único bueno que me ha enseñado el futbol, que hay un tipo de dolor que significa progreso.

Claro, *debería* estar en el entrenamiento, pero eso no iba a pasar. Tal vez esto de que casi muriera mi mejor amigo y mi familia se separara me obligó a reevaluar mis prioridades. Acabamos de entrar a la escuela, así que todavía hay pocas tareas y supuse que merecía una tarde libre. El sol se cuela por mi ventana, es un día perfecto de septiembre: no hace tanto calor como podría, pero el sol brilla y puedo usar manga corta. La casa está en silencio, la tengo para mí solo.

Este último año ha sido extraño. Primero, nada de Peyton, apenas unas palabras de Isaac, y mis padres constantemente peleando. Entonces, por fin, mamá se mudó. Esto pasó hace un mes. Cuando se fue, me abrazó de tal forma que pude notar lo pequeña que era. Mi pecho amortiguaba su voz, pero me dijo que podríamos hablar sobre la posibilidad de pasar las fiestas decembrinas juntos, nosotros dos, que por el momento el inicio del semestre estaba muy cerca y no quería interferir con la escuela. No me di cuenta de que lloraba hasta que se fue y vi las marcas mojadas en mi camiseta.

Poco después encontré los papeles del divorcio en la oficina de papá, en el piso de abajo.

Es difícil definir exactamente por qué eso hizo que el futbol comenzara a parecerme irrelevante, pero así fue.

Subo los pies a la cama y jalo la guitarra aún más cerca de mí. Pongo dos dedos a través del segundo traste para practicar, punzando cada una de las cuerdas hacia abajo y después hacia arriba, una y otra vez, cada vez más rápido, hasta que me equivoco. Entonces vuelvo a empezar. Por supuesto, quiero dejar de hacer esto y ver algo en YouTube o mandarle un mensaje a Morgan o escuchar una nueva lista de música, pero, más que eso, quiero ser bueno tocando la guitarra y la distancia entre el talento y la habilidad es la disciplina.

No he hablado con Morgan en varios días, pero después de todo lo que ocurrió este año, eso está bien, se ha vuelto normal. Sé que Morgan necesita su espacio y sabe que yo estoy aquí para él. Antes, cuando pasábamos largas rachas sin hablarnos, empezaba a sentir una extraña presión en la parte trasera del cuello. Pero ya no me pasa. Ya tenemos diecisiete. Estamos en último año. Pienso en todas esas noches de películas, de conciertos y de ver las estrellas, noches que nunca recuperaremos. El entrenamiento y todo el tiempo que ha consumido de mi vida se siente irrelevante en comparación.

Cada vez más, he estado haciendo lo que quiero hacer en lugar de lo que debería hacer. Me salto el almuerzo, me muevo en bicicleta en lugar de coche y uso todo el dinero que ahorro en gasolina para clases de guitarra. El déficit de calorías me ha costado músculo y que me vean en bicicleta y no en auto me ha restado algo de popularidad, pero mi nuevo instructor, un guitarrista de sesión de Nashville que enseña en un centro comercial, dice que soy bueno y que estoy mejorando.

Sin embargo, no le he contado a Morgan que estoy tocando de nuevo. Me preocupa que hablar de eso solo le recuerde a su mamá, ya que ella fue la que me compró la guitarra y las partituras. Este año ha estado mucho mejor y no me gustaría regresarlo a algún lugar oscuro.

Mi celular vibra. Recargo la guitarra en mi hombro, reviso el teléfono y veo el nombre de Susan en la pantalla. Me siento como un patán por no querer responder. Ella no ha hecho nada malo y creo que yo tampoco he hecho nada malo, pero mes a mes, las cosas entre nosotros están más descoordinadas.

«Feliz cumpleaños», dice el mensaje. «¿Emocionado por hoy?».

«Sí», escribo. «Oye, estoy ocupado en el entrenamiento. ¿Podemos hablar después?».

Hay una pausa antes de que me responda con un «okey» que se siente un poco extraño, pero ignoro ese pensamiento al tiempo que escucho que se abre la puerta de la cochera y unos pasos pesados en el piso de abajo. Solo puede ser una persona. Me pongo frente a la ventana y sigo tocando.

La puerta de mi habitación se abre de pronto y papá entra. Me rehúso a dar la vuelta.

Tenía la esperanza de que se relajara después de que mamá se fuera, pero ahora veo que mamá era un pararrayos. Nos protegía cada vez que podía.

No por primera vez, me imagino la nueva vida de Peyton en Miami, compartiendo un departamento con su novia arriba del restaurante donde trabaja, su personalidad más tranquila después de dos años de libertad, y siento algo de celos.

—¿Por qué no estás entrenando? —La voz de papá me atraviesa como una flecha, tiene un tono grave y peligroso.

Me doy vuelta en la silla y ahí está, llegó temprano de su trabajo, con los ojos rojos y hundidos.

—Se canceló —miento e intento sonar despreocupado. Nunca he sido bueno mintiendo.

—Pasé por el campo camino a casa —repone—. No se veía cancelado.

—Quiero decir —comienzo. Intento verme patético y finjo una tos—, yo tuve que cancelar. Eso quise decir. Me siento mal.

—Es tu cumpleaños —dice con una voz dura y fría—, así que voy a fingir que no acabas de mentir y que no seguiste mintiendo cuando te descubrí. —Me alcanza en dos pasos y me quita la guitarra, yo no intento detenerlo. Al menos no me está gritando.

—¡Oye! —Me pongo de pie, pero él se ve imponente, con los ojos intimidantes, así que vuelvo a sentarme.

—Más respeto —advierte. Arroja la guitarra sobre mi cama y solo hago un gesto de dolor por su violencia.

—Sí, señor…

—No te escucho —dice papá.

—¡Sí, señor! —exclamo. No vale la pena pelear con él cuando está así.

—Fui demasiado suave contigo —afirma—. Ese es el problema. Eras el menor, así que dejé que tu madre te consintiera. Pero ella ya no está aquí.

«Por tu culpa», pienso. Me observa un momento y me siento como un insecto bajo una lupa.

—En fin. ¿Tienes planes para tu cumpleaños o esperarás al fin de semana?

—Creo que solo pasaré tiempo con Morgan —digo, sabiendo que quizá debí intentar mentir de nuevo.

Su mirada se endurece, regresa al marco de la puerta y mete las manos a los bolsillos. Puedo ver lo que está pensando.

Este último año he notado algo, y por supuesto que papá también lo ha visto: la forma en la que Morgan inconscientemente cruza las piernas y se agita el cabello cuando se ríe, la cadencia y el flujo de su voz al hablar, cómo sus manos bailan cuando intenta argumentar algo… Ahora es diferente. Más… vivo. Aunque le siguen gustando las películas de terror y el metal. Eso siempre será parte de Morgan.

—Deberías reflexionar sobre el tipo de personas de las que te rodeas —advierte.

—Es mi mejor amigo —digo. Y me obligo a no mostrar enojo en mi voz.

—Sé que eso te parece importante —afirma—, pero tienes toda tu vida por delante. Si dejas que Morgan se interponga entre el equipo y tú, podrías perder la oportunidad de que te recluten. Y la gente podría empezar a hacerse ideas. Tu novia podría hacerse ideas.

—Mi novia sabe que no soy gay —aclaro y ahora no puedo evitar poner los ojos en blanco.

—Cuidado con cómo me hablas —espeta.

—Sí, señor…

—Si comienzo a ver que estás en el campo a medias por culpa de ese chico, tomaré medidas drásticas —amenaza papá, mientras me señala con un dedo—. No puedo prohibirte que lo veas en la escuela, pero definitivamente puedo asegurarme de que no vuelvas a verlo fuera de ella.

—Sí, señor —respondo de nuevo con una voz automática, entrenada. Mi rostro es una máscara, pero mis adentros se sienten como un incendio. Odio que piense que puede hablarme de esta forma. Y odio que no hay nada que yo pueda hacer al respecto. Pero no hubiera sobrevivido todo este tiempo aquí de haber permitido que sus palabras me afectaran.

Asiente, al parecer satisfecho, y se da la vuelta para irse. Estiro el brazo para tomar mi guitarra de la cama y accidentalmente jalo una cuerda. El sonido retumba en mi habitación.

Papá se detiene en el marco de la puerta, su espalda ancha se eleva y luego baja.

—No me quedan muchas amenazas —dice sin siquiera verme—. Arregla tu maldita vida.

MORGAN

El consultorio de mi terapeuta, Judith, está en un centro comercial, entre una estética para mascotas y un salón de belleza. Estaciono mi auto, el que mamá me regaló el año pasado en mi cumpleaños. Es un vejestorio, pero lo amo más que cualquier otra cosa que haya sido mía. Tener un auto significa tener libertad y eso es lo que más he necesitado este último año. Veo el reloj en el tablero y me doy cuenta de que llegué antes de tiempo. Mi iPod de tres años toca «Rome», así que decido dejar que Yeasayer termine antes de dirigirme a terapia. El auto ronronea debajo de mí, los viejos asientos de piel abrazan mi cuerpo.

Aún no he sido capaz de decirle a nadie, excepto a Judith y a su asistente, Gavin, que soy trans, aunque la gente de mi grupo de apoyo lo ha supuesto y yo no los he corregido. No pude ni decirle a mi médico mientras estuve en el psiquiátrico, pero de eso no siento culpa: solo quería hablar con papá y con Eric después de lo que pasó, y un ala de hospital llena de extraños y un compañero de cuarto intimidante que no dejaba de hablar de incendios no eran precisamente un ambiente saludable.

El auto de mamá me ha permitido manejar a Nashville para asistir a grupos de apoyo en los que he podido conocer a más gente trans; algunos siguen en el clóset, como yo, hay unos de mi edad que ya están en transición; también hay un par de chicos en sus veintes que ya tienen vidas con novios y novias.

Honestamente, me costaba estar cerca de ellos al principio, verlos ignorar las formas en las que sus cuerpos y sus voces los traicionaban. Sin embargo, cada mes veo un poco más de la belleza que hay en esta gente como yo. Siento que estoy iniciando algo nuevo, como una crisálida a punto de eclosionar.

No siempre es fácil. Todavía tengo días malos, en los que mi cabeza se siente llena de abejas y mi corazón está vacío y lo único que quiero hacer es acostarme y derretirme sobre el pavimento. Pero ahora papá se da cuenta cuando pasa eso y puedo notar el pánico que lo invade. Me hace sentir culpable por tener depresión y a veces me frustro, pero hago mi mejor esfuerzo por no pelear con él. Incluso creo que está teniendo citas de nuevo, a juzgar por las salidas ocasionales y los recibos del cine y de restaurantes que encuentro cuando lavo ropa. No sé cómo me siento al respecto. Me hace feliz que él sea feliz.

Ver a la familia de Eric desintegrarse me ha recordado la suerte que tengo, al menos en ese sentido: ¿cómo sería mi vida si Carson fuera mi papá? Los padres de Jasmine se divorciaron hace unos años, así que me ha guiado por lo que Eric necesita y lo que no necesita mientras atraviesa esto: dejarlo hablar a su propio ritmo y pasar tiempo con él para que sepa que estaré ahí cuando me necesite. Eso último ha sido difícil de lograr por sus entrenamientos y mi club de audiovisual y mi compromiso con el anuario, pero estoy haciendo mi mejor esfuerzo.

Intento no pensar en el poco tiempo que nos queda juntos antes de que la vida nos lleve en direcciones distintas. Antes, siempre pensaba que Eric se iría a la universidad a jugar futbol americano igual que Isaac antes de que lo firmaran los Seahawks, y que yo me quedaría en Thebes, pudriéndome. Tal vez podría verlo en Navidad, e intentaría ocultar el resentimiento que sentiría hacia él mientras pasaba mis días detrás del mostrador de una gasolinera o algo así. Ahora, yo soy quien piensa en ir a la escuela de cine. Parece que yo sí podré salir de este lugar. Quizá Eric se quede. De cualquier forma, habrá una distancia entre nosotros que nunca ha existido.

La canción termina, desconecto mi iPod y apago el auto.

Tomo aire, me obligo a sonreír y saludo al asistente de mi terapeuta mientras cierro la puerta del auto. Gavin tiene los hombros anchos, es un estudiante de la Universidad de Tennessee en Knoxville que está haciendo una especie de investigación sobre salud mental en pacientes LGBT del sur de Estados Unidos.

—Hola, chica —saluda con una sonrisa que abarca todo su rostro.

Siento una calidez en el cuello y la espalda ante la palabra *chica*.

—Hola, Gavin —digo y abro la puerta con la cadera.

—Me gusta tu corte de pelo —dice, mientras me sigue al interior.

Me toco el cabello, quizá por millonésima vez en estas últimas veinticuatro horas: lo llevo arriba de los hombros y con luces oscuras. Me sentí en riesgo cuando le pedí a Jasmine que me hiciera un corte femenino, pero a menos de que lo peine, a mí me parece que se ve como el pelo de Kurt Cobain. Cuando sí lo peiné, a solas en el baño, se veía más como del estilo de Joan Jett. Me dolió el corazón cuando vi mi reflejo, con los pequeños mechones cafés enmarcándome la cara y pensando en que yo podría ser una mujer así como ella lo es.

—Gracias —respondo—. Lo hizo mi amiga Jasmine.

—Pienso, no por primera vez desde lo que pasó, en lo rápido que me aceptó de regreso y cuánto me ha apoyado.

—Cancelaron la última cita de la doctora —explica Gavin, sacándome de mis pensamientos.

Nos dirigimos al pasillo y luego atravesamos la puerta que lleva a la sala de espera de Judith.

—Hola, Morgan —me saluda Judith cuando llegamos a la puerta. Su voz suena como de bibliotecaria escolar mezclada con hierro, pero aprendí a que no me intimidara desde hace meses.

Está leyendo el archivo de alguien con sus lentes de pasta gruesa. Sobre sus hombros y su espalda cae su cabello rubio oscuro en ondas oscilantes, atravesado por un brillo plateado. Supe que me caería bien desde la primera vez que vi su sala de espera. Las paredes estaban decoradas con pósters de películas de cine B, desde *Planeta prohibido* hasta *La mancha voraz* y *Plan 9 del espacio exterior*. Incluso tiene una foto firmada de Vincent Price en el baño, con su mirada penetrante que me sigue a cada paso. Había esperado, no sé, algunos pósters motivacionales, afirmaciones diarias, quizá algunas plegarias y hasta biblias.

Thebes no está en medio de la nada, pero tampoco está en medio de algo, ¿sabes?

Una vez le pregunté a Judith si era correcto que tuviera esos pósters, si la gente no los encontraba extraños. Se rio y me dijo:

—Nadie se identifica tanto con los monstruos como la gente LGBT y los pacientes mentales. Mis clientes suelen ser ambas cosas. Creo que ayuda a asegurarles que no existe lo «normal» aquí, así que pueden dejar de preocuparse por eso. —Entonces me hizo un guiño—. Además, ¿de qué sirve tener tu propio negocio si no puedes decorarlo como quieras? ¿No crees?

Después de unos meses de venir aquí, de sentirme a salvo en este espacio, estoy de acuerdo con ella.

Judith revisa su reloj cuando me acerco.

—Vamos al laboratorio.

El «laboratorio» es un consultorio lleno de velas aromáticas, juguetes estimulantes, como arena cinética y papel burbuja, así como muebles cómodos y de colores cálidos. Suena música relajante de una bocina cercana mientras un incienso se quema sobre la mesa que nos divide. Me pasa una taza de café, mi bebida favorita desde que dejé el alcohol, y se deja caer en una silla con una taza de té.

—Feliz cumpleaños, Morgan. —Me felicita, mientras se acomoda y saca su cuaderno.

—Gracias —respondo. A diferencia de otros años, esta vez he estado esperando con anticipación este día. Los diecisiete marcan el año en el que quiero hacer un cambio, finalmente decirle al mundo quién soy, por dentro y por fuera. Sigo sin saber cómo se verá mi futuro, pero este cumpleaños quiero tomar un paso en la dirección correcta. Judith me observa hundirme en la enorme y cómoda silla frente a ella. Tiene los ojos oscuros y profundos como un océano de noche, un lugar en el que una persona puede hundirse si no tiene cuidado. Fue difícil que no me perturbara al principio, pero fue la única terapeuta, dentro de un radio razonable, que se especializaba en género y sexualidad, así que le di una oportunidad.

—Bueno —Judith da inicio a nuestra sesión—, tengo un regalo de cumpleaños para ti.

Hago un ruido como de curiosidad y sonríe, algo inusual en ella.

—El mes pasado me preguntaste sobre algún especialista que pueda administrarte hormonas. ¿Sigues interesada en eso?

Asiento lentamente y me muerdo el interior de la mejilla. Mentiría si dijera que no me dan nervios: las cirugías y los medicamentos dan miedo incluso cuando los necesitas.

—Sí —escucho mi voz, casi separada de mi cuerpo. No puedo creer que dije que sí, pero es que la respuesta es *sí*.

—Okey. Entonces hagámoslo.

—¿En serio? —pregunto, sin aliento.

—No tengo oposición profesional y el especialista está dispuesto cuando tú quieras. Es un doctor que conozco en Nashville y el seguro de tu padre cubre sus honorarios.

Me da una carta que tenía dentro del cuaderno. Mis labios se separan, pero no hago ningún sonido. Su sonrisa cambia a una mirada de preocupación y después de horror. Me doy cuenta de que estoy por tirar mi taza y la atrapo en el último minuto. Me río. No puedo dejar de reír.

¿Cómo se siente que pase algo bueno en tu vida? Si me hubieran preguntado hace cinco minutos, me habría encogido de hombros. Ahora lo sé: es una ligereza, un cosquilleo eléctrico y tembloroso por todo el cuerpo, *mi* cuerpo, que no es una máquina ni una cosa en la que habito, sino células, músculos y huesos que me conforman y que son yo.

—Solo necesito que tu papá lo firme —añade Judith, estudiándome cuidadosamente—. Porque eres menor de edad.

Ahí está el truco. Cierro los ojos y aprieto los dientes, conteniendo las palabras altisonantes que intentan salir de mi boca.

—¿Qué pasa?

—Tendría que decirle.

—Ese es el punto —afirma Judith—. Aunque pensé que habías dicho que te apoyaba.

—No quiere que me muera. Pero no hemos hablado de género —explico y me inclino hacia adelante—. Digo, ¿de dónde podría haberse informado sobre la gente trans? ¿De los chistes crueles en la televisión? —Me tallo los ojos y tomo aire—. Escucha, antes había cinco personas que me conocían desde el momento de mi nacimiento. Ahora me quedan dos. No sé si pueda lidiar con perder una más. Y...

—¿Y qué? —pregunta Judith. Debe de notar que mis ojos se llenan de lágrimas porque empuja suavemente una caja de pañuelos en mi dirección, pero lo tengo bajo control.

—Nada. Estoy siendo tonta.

—No estás siendo tonta —afirma, frunciendo el entrecejo—. Incluso cuando una preocupación no es lógica, el sentimiento es válido. No seas tan dura contigo.

Judith tiene razón, esto es algo que he querido hacer por mucho tiempo.

—Con las hormonas... si lo hago, ¿qué pasará con...? —Me detengo—. ¿Con el futuro? Siempre he sentido que no tendré futuro. —Suspiro y paso los dedos por un lado de la taza—. ¿Qué pasará cuando envejezca? O sea, me imagino viviendo como adulta, más o menos, si todo esto funciona. Pero ahora que quiero vivir, quiero vivir de verdad. ¿Cómo voy a tener una carrera? ¿Cómo van a ser mis relaciones? Por Dios, ¿cómo va a ser el sexo?

Judith me mira, asimilando todas mis palabras con seriedad.

—Te mentiría si te dijera que tu género no afecta esas cosas, pero tú tienes que tomar la mejor decisión para ti.

Aunque sientas que todo va a ser muy difícil, te sentirás mejor al vivir de forma honesta. Lo importante es que puedas confiar en tu red de apoyo. Necesitas a gente que te acepte y te ame. —Me sonríe como asegurándome que todo estará bien—. Tu padre y Eric son un buen comienzo. El resto vendrá solo.

—Sí —digo—. *Sí...*

—Buena suerte, Morgan. Te irá muy bien esta noche.

Cuando me voy del consultorio, Gavin me desea un feliz cumpleaños. Solo puedo asentir en respuesta mientras paso todos los retratos de monstruos. De pie en medio del estacionamiento, veo nada y todo a la vez. Viene un viento del norte, advirtiendo sobre el frío inminente mientras atraviesa los árboles. Más allá del movimiento de sus hojas puedo distinguir el murmullo distante de la carretera, en la que miles de corazones desconocidos viajan cada día desde y hacia lugares que me encantaría visitar.

Nunca he pensado mucho en lo sobrenatural, excepto cuando estoy en mis peores momentos. Mamá nunca nos llevó a la iglesia, pero se me ocurre que este lugar quizá está muriéndose de algo más que solo las drogas y las minas. Tal vez los pueblos tienen almas. Tal vez las formas en las que la gente como yo ha sufrido han hecho que Thebes se pudra. Solía pensar que la carretera era el golpe de gracia, pero ¿y si en realidad es una soga que lanza el universo para la gente que necesita salir de aquí?

Enciendo el auto de mamá, conecto mi iPod con el cable auxiliar y dejo sonar «Bulletproof Heart» a todo volumen mientras salgo del estacionamiento y me dirijo a casa. Necesito contarle a Eric y necesito que sea esta noche.

ERIC

De ninguna manera me quedaré en casa después de esa conversación con papá. No hay forma de hacerlo entrar en razón cuando se pone así. La puerta timbra cuando entro a Taco Bell. Probablemente este sea el único edificio nuevo que Thebes ha visto en diez años. Solía haber otro Taco Bell del otro lado del pueblo, pero llegó un tornado en noviembre, que golpeó al azar, como el dedo impaciente de Dios. Ninguno de mis conocidos salió lastimado, afortunadamente, pero hubo casas destruidas, junto con el Taco Bell y el Blockbuster donde Morgan y yo pasábamos horas. Ahora ya no tenemos dónde rentar películas, a excepción de la biblioteca, que no es precisamente el lugar más divertido.

Este nuevo Taco Bell es todo color negro y cromo, es un espacio abierto en lugar de las divisiones de vidrio que recuerdo del anterior. Todo está cambiando, incluyéndome. Tomo mi lugar en la fila y miro al chico que está haciendo las quesadillas, lo reconozco de la escuela.

Me he quedado inmóvil mucho tiempo, toda mi vida. He tenido los pies clavados justo donde papá los quería, todo con la esperanza de que, si hacía lo bien, al final todo saldría bien. Para mí, el universo era solo una máquina en la que una persona depositaba su esfuerzo y obediencia para recibir paz y felicidad a cambio. Pero luego ocurrió el intento de suicidio de Morgan, después el divorcio, y ahora entiendo que el esfuerzo y el resultado no tienen mucho que ver entre sí.

La mamá de Morgan, Donna, era una de las personas más amables que he conocido. Ahora está muerta. Morgan se esforzó mucho más que yo en futbol y creo que sí solía gustarle, pero obligarse a tomar ese papel casi lo mata. Creo que mamá pasó toda mi vida aferrándose a nuestra familia a pesar de la fuerza tectónica del ego de papá, y ahora quién sabe dónde está. Todo es caos y la lluvia nos moja, y si piensas en eso de más, es casi demasiado cruel para soportarlo.

Pero ¿cuáles eran las probabilidades de que dos familias, tan distintas como la mía y la de Morgan, se hubieran unido como lo hicieron, aunque solo fuera por un tiempo? ¿Cuáles eran las probabilidades de esa tormenta de nieve hace diecisiete años? ¿De que dos familias quedaran atrapadas en el hospital? Tal vez de eso se trata la vida: de sobrevivir a las cosas fuera de nuestro control y aferrarnos a las cosas buenas que nos arroja el viento.

Tomo mis tacos, encuentro una mesa en una esquina soleada y abro mi computadora al tiempo que recibo un mensaje de Morgan.

«Oye», dice. «¡Feliz cumpleaños! Sé que no tenemos planes aún, pero ¿cómo estás de tiempo? Sin prisa, pero obviamente quiero verte antes de la medianoche. Quiero contarte algo. En persona».

¿Quiere contarme algo? Inmediatamente me preocupo de que algo ande mal, pero no me da la impresión de que sea algo malo y he aprendido a confiar en mi instinto cuando se trata de Morgan. Me como un taco y miro por la ventana. Un cuervo salta sobre el pavimento, persiguiendo pájaros más pequeños en búsqueda de alimento. Trago la comida aunque ya no siento hambre.

Quiero ser un buen amigo. Quiero ser alguien en quien se pueda confiar, que sepa lo que pasa. Empiezo a contestar el mensaje cuando la puerta del restaurante se abre y escucho una voz familiar.

—Todavía tiene un teléfono de esos que se abren —dice Tina, una de las porristas, con una risa cruel, mientras se dirige a la caja registradora—. ¿Se imaginan? ¡Por Dios!

Las otras chicas se ríen. Levanto la mirada para ver a Susan con sus amigas. Ella me nota y veo que la confusión invade su rostro, después, la ira. Saludo con la mano y fuerzo una sonrisa. Ella cruza el lugar poco iluminado y atravesado por haces de luz dorada, con cada centímetro de esa belleza que me volvió loco hace dos años. Sin siquiera saludar, se sienta frente a mí, ajustándose la cola de caballo.

—¿Qué rayos, Eric? —pregunta en voz baja—. ¿Qué estás haciendo aquí?

Bajo la mirada a mis manos y pellizco uno de los callos en mis dedos, enredado en mi propia mentira.

—¿La práctica acabó antes?

—¿En serio? —increpa. Cruza los brazos y baja la mirada, después vuelve a mirarme—. ¿Podrías por lo menos hacer el favor de mentir bien? Ya sé que no fuiste al entrenamiento. Fuimos al campo para que Nate le diera algo a Adria. Esperaba que al menos tuvieras la decencia de inventarme una buena excusa. —Se frota el puente de la nariz y sacude la cabeza—. Pudiste haberme dicho «Es mi cumpleaños y no quiero ir».

—Pues —murmuro de forma sumisa. Limpio unas migajas de la mesa mientras desvío la mirada al estacionamiento y a la calle detrás de este—. Es mi cumpleaños y no quería ir.

—Y si no me hubieras mentido, estaría bien. Más o menos —dice Susan. Sonríe pero no con los ojos—. ¿Qué te está pasando, Eric?

Suspiro.

—Ya no quiero jugar futbol —admito, casi avergonzado, sobre todo al contárselo a ella, porque ambos sabemos lo que eso significa: sin futbol no hay becas y sin becas no podremos ir juntos a la universidad. Tuerce los labios, comprendiendo el asunto.

—Okey. —Hay un momento en el que su voz se endurece y se rompe, se talla los ojos. Sus labios son una línea recta. Tengo miedo de que llore. Pero entonces respira con determinación y asiente lentamente—. Lo entiendo.

—¿En serio? —pregunto, azorado.

—Esto no está funcionando —sentencia. Su voz suena indiferente. Entierra la mitad de su cara en sus brazos cruzados y baja la mirada a la mesa.

—¿Qué no está funcionando? —pregunto nervioso.

—Nosotros. Juntos. —Hace un gesto de dolor.

—Espera. ¿Estás terminando conmigo?

—Creo que sí —contesta.

Me paso los dedos por el cabello y suelto un suspiro largo, tembloroso y agotado. Pienso de repente en mamá y papá, en todas sus peleas a gritos de estos últimos años. Mi mente se llena de imágenes de mamá tomando una maleta, con lágrimas en el rostro, mientras papá corre enojado tras ella. Hubo peleas interminables y cansadas, así como silencios de los que solo podía escapar con música. Algo en mí sigue esperando que uno de los dos rompa el silencio y creo que debería estar enojado con Susan por hacer esto en mi cumpleaños, pero no puedo sentir enojo. No quiero obligarla a quedarse en un lugar donde no quiere estar. Y siendo honesto, creo que yo tampoco quiero seguir.

Nos quedamos en silencio un largo rato. Noto que sus amigas se sentaron del otro lado del restaurante y no intentan siquiera disimular sus miradas. Siento como si el rostro me quemara al pensar lo que deben opinar de mí.

Susan se talla el cuello, sonríe con suavidad y se encoge de hombros.

—¿Qué te parece si acabamos bien? —propone. Le lanzo una mirada confusa mientras ella se pone de pie y se acomoda la falda. Entonces rodea la mesa, se inclina y me besa en la sien—. Siempre fuiste muy lindo, Eric. Si sirve de algo. —Noto cómo se sonroja mi cara—. No me arrepiento de que haya sido contigo.

—N-ni yo —balbuceo. Mi voz se rompe un poco—. De todo eso, igualmente. Has sido más paciente conmigo de lo que merezco.

—Tal vez —reconoce Susan con un suspiro cansado y entonces comienza a alejarse—. En fin. ¿Vas a renunciar inmediatamente o te veré en el juego la próxima semana?

—No sé —admito.

—Bueno, entonces, te veré por ahí, supongo…

—Sí, claro.

Regresa con sus amigas y se amontonan entre ellas, hablando con rapidez, entre susurros urgentes. Tiro mi basura, camino a la salida y, cuando me acerco a la puerta, Susan me lanza una última mirada de adiós.

MORGAN

Regreso de terapia a casa para encontrarme con el regalo de mamá que papá dejó en la barra de la cocina. Es una caja pequeña envuelta en papel encerado y atada con un cordel. La levanto, me doy cuenta de que es más pesada de lo que pensé y respiro hondo. El año pasado, su carta sobre el auto casi me destruye (bueno, me destruyó) y una parte de mí teme lo que pueda traer este año. Me recuerdo que ahora soy más fuerte de lo que era entonces. Puedo con esto.

Llevo el regalo a los escalones de la entrada y lo abro con cuidado, quitando el papel de envoltura. Descansa sobre mis manos una pequeña libreta de piel, más vieja que yo, con las esquinas dobladas y las hojas amarillas. En la portada dice: TECNOLOGÍA CULINARIA SECRETA DE DONNA STEINER GARDNER. NO ROBAR. Lo abro con mis manos temblorosas y me encuentro con los nombres de todos los platillos que no he probado en mucho tiempo: tomates verdes fritos, panecillos de mantequilla, huevos endiablados, guisado de calabaza y tocino. Tras tantos años de comida instantánea y chatarra, los recuerdos de las comidas familiares, calientes y olorosas sobre la mesa de nuestra vieja cocina me dejan con la boca hecha agua. El luto comienza a manchar los recuerdos, pero entonces me voy a una página de en medio y sale una nota.

Morgan:

Espero que hayas heredado mi talento en la cocina y no el de tu padre. Si pasa lo peor, y resulta que no puedes ni hervir agua sin empezar un incendio, bueno, entonces le puedes dar esta libreta a tu esposa. Aun así, donde sea que yo esté para cuando leas esto, me haría muy feliz que al menos intentaras hacer unas cuantas cosas antes de rendirte. Me encantaría poder escribir más, pero últimamente me canso muy rápido. Ya sé que sabes que te amo, pero aun así quiero recordártelo. Te amo. Siempre te voy a amar.

Y hablando de amor, pon atención a esta receta. No digo que haga que la gente se enamore de ti, pero te diré que la hice para tu padre cuando comenzamos a salir. Tal vez fueron mi belleza y mi encanto natural lo que lo sedujo, pero yo estoy segura de que fue este pastel.

Con amor,
Mamá

Examino la página marcada, es la receta de un pastel de chocolate alemán. Los márgenes están cubiertos de corazones y la letra de mamá recomienda cuidado tanto arriba como abajo de la receta. Me limpio los ojos y río, pero se me ocurre una idea. Pase lo que pase esta noche, Eric y yo necesitamos un pastel de cumpleaños.

Resulta que hornear es bastante fácil. Es como una clase de química o como limpiar una cámara. Lo único que tengo que hacer es asegurarme de tener las medidas exactas y seguir instrucciones. Mi teléfono vibra mientras coloco el pastel de chocolate sobre la rejilla tambaleante de nuestro horno. Me quito harina de las manos y miro la pantalla. Es Eric.

«Hola. Perdón por la demora. Feliz cumpleaños. Hablamos cuando quieras».

«¡Hola! ¡Okey! ¿Maratón de películas en tu casa?».

Es insoportable estar cerca de Carson últimamente, pero su casa tiene aire acondicionado y suele estar limpia. Es más de lo que papá y yo podemos decir sobre nuestro remolque.

Hay una pausa y entonces escribe: «Claro. Sí».

Esto está bien. Esto está bien.

«Genial», respondo. «¿Te veo en una hora?». Leo mi propio mensaje un momento y añado: «Oye, ¿estás bien?».

«Todo bien», contesta. «¡Te veo en una hora!».

Puso «todo bien», y no «estoy bien». Sus palabras me preocupan, pero al menos sé que podré preguntarle qué pasa en poco tiempo.

Treinta minutos después suena el temporizador y saco el pastel del horno para que se enfríe. El olor a chocolate y coco invade la casa, por lo que todo se siente cálido y acogedor en contraste con esta fría tarde de septiembre. Logro no quemarme las manos con el recipiente del pastel, ni siquiera un poco, y me digo que debo tomar esto como una señal de que esta noche saldrá bien.

ERIC

Dejo mi teléfono en el asiento del copiloto y recargo la barbilla sobre el volante; el estacionamiento de Walmart monopoliza mi visión como una tierra desierta salida de una película distópica.

Mis dedos distraídos buscan algo en el radio y pasan varias estaciones con estática. Si soy honesto, que Susan me dejara no es lo peor que está pasando en mi vida, pero me siento algo culpable de pensar eso. Al menos veré a Morgan en una hora. Eso es algo. Hay que ver el lado positivo, ¿no?

Mi teléfono se ilumina y empieza a vibrar. Me tenso porque ¿quién llama en estos tiempos? Pero entonces veo el nombre de Peyton.

—Hola, hola, hola —digo al contestar, al tiempo que bajo el volumen del radio. Intento sonar animado.

—Hola —saluda Peyton. Suena nervioso, algo raro en él—. Feliz cumpleaños.

—Gracias. ¿Y mi regalo?

—Mandé un cheque por correo. ¿Cómo estás?

—Mi novia terminó conmigo —le cuento, intentando sonar indiferente.

—Uff, qué mal —se lamenta. Escucho un gruñido y después el sonido de un escape, seguido del de un encendedor—. Solo iba a hablar contigo un minuto, pero cuéntame.

—No es para tanto. —Escucharlo moverse me hace querer moverme también, así que enciendo el auto.

—Seguro que no. Sí, por supuesto. ¿Qué hiciste?

—Nada —digo, mientras salgo del estacionamiento.

—Por supuesto —Peyton se burla—. Yo a veces hago «nada» y Chelsea y yo peleamos durante días.

—No —explico—. Literalmente, no estaba haciendo nada y no le gustó. O quizá estaba haciendo la nada equivocada. —Noto el semáforo en rojo en el último momento y freno de golpe. Un auto toca el claxon.

—Te entiendo. Aunque sea lo mejor, se siente feo. Pero… eh… ¡oye! Quería decirte algo.

—Dime. —Me detengo en la gasolinera en la base de la colina que lleva a mi vecindario. El tanque está casi vacío. Me recargo contra el auto mientras la bomba hace lo suyo.

—Es… es difícil decirlo y sé que vas a aceptarlo, pero… —La bomba hace un sonido de haber acabado y se detiene, pero yo me quedo donde estoy, viendo la calle y concentrándome en su voz—. He… he visto muchas cosas estos últimos dos años. He conocido a mucha gente. Me ha dado tiempo de pensar. Y me da vergüenza tardarme tanto, pero te debo una disculpa.

—¿Una disculpa? —No sé qué más decir, pero me siento ligero. Isaac ha sido inexistente desde que se mudó a Seattle, y la única vez que logré hablar con él después de que mamá se fue, me dio la impresión de que estaba tomando el lado de papá. Pensar que vivió en la misma casa y con los mismos padres que yo, pero llegó a esa conclusión, me enojó tanto que me nubló la vista; sin embargo, en lugar de pelear, le colgué y no he hablado con él desde entonces.

—Hay razones por las que actué como actué. Tú conoces algunas, pero no entraré en detalles sobre las otras porque esas no son problema tuyo.

—Bueno… —balbuceo—. Gracias. En realidad… significa mucho escucharte decirlo.

—Qué bueno. ¿Tienes planes para hoy?

—Estar con Morgan —respondo y me siento ligeramente nervioso una vez que el nombre sale de mi boca.

—Cielos —murmura Peyton—. Ese niño. Si algún día lo vuelvo a ver, también tendré que disculparme con él.

Sonrío con tristeza. Es cierto. Probablemente nunca ocurra, pero es un buen comienzo. Se siente bien saber que tengo al menos un hermano de mi lado. Pero si alguien me hubiera dicho hace cuatro años que ese hermano sería Peyton, habría asumido que ese alguien estaba loco.

—Bueno... —Se hace un silencio de nuevo—. En fin, hermano, no te quito más tiempo. Pero antes de colgar, quiero decirte algo más y esto es cursi y ugh… bobo, pero resiste.

—Okey. —Me río.

—Creo que, de nosotros tres, tú eres el mejor hombre —suelta—. Niño. Joven. Lo que sea. Eres el más decente. El más sensible, en el buen sentido. Y me preocupa mucho que estés solo con papá.

—Estaré bien —aseguro y comienzo a decir: «¿Qué es lo peor que puede pasar», pero me detengo. Peyton sabe, mejor que nadie, qué es lo peor que puede pasar.

—Sí, bueno… —Peyton ahora parece repentinamente serio—. Tienes mi número. Te mandaré el número de Chelsea por si un día no me encuentras. Si algo pasa, llámame.

—Peyton…

—Necesito que me digas que sí.

—Okey —digo mientras tomo nuestra calle—. Sí. Claro. Te llamaré.

—Genial. Te quiero. Feliz cumpleaños.

—¿Yo a ti? —respondo, dubitativo, pero ya colgó. Intento acordarme de cuándo fue la última vez que me dijo eso, pero cuando me estaciono en la casa, no recuerdo ningún otro momento.

MORGAN

Podría simplemente no decirle a Eric. ¿Qué tan seria es una promesa si solo la hice conmigo y con mi terapeuta? Nada seria. Estoy de pie frente a la entrada de la casa de Eric con un pastel en los brazos, pensando en la muerte, esperando que sus vecinos no vean cómo me tiemblan las piernas. Siento la boca seca. Levanto una mano para tocar la puerta, pero antes de que logre hacerlo, se abre y lo veo con su camiseta de Joy Division y unos jeans ajustados. Sus rizos brillan con la luz de la tarde.

—¡Ah! —exclama Eric. Por un momento se ve sorprendido y después sonríe. ¿Y si esta es la última vez que lo veo sonreír?—. Ahí estás. Tuve un presentimiento. —Sus ojos viajan al pastel y se abren—. ¡Guau!

—Sorpresa —digo, y lo agito histriónicamente con cuidado de no soltarlo.

Me lleva al interior y dejo el pastel sobre la barra de la cocina mientras él busca en el cajón de los cubiertos y saca un cuchillo. Alcanzo a ver a su papá perdiendo el tiempo con la podadora en el patio trasero.

—Me sorprende que no te haya obligado a podar el pasto —digo. ¿Por qué menciono a Carson? Desde mi intento de suicidio, me ha dirigido quizá dos palabras y unos cuantos ruidos de molestia.

—Nos peleamos —explica Eric—. Algo así.

—¿Quieres hablar de eso? ¿Por eso hace un rato me contestaste tan seco?

—No —dice, como restándole importancia. Su tono es escueto e indiferente, entonces me encojo un poco porque es muy raro escucharlo así. Siento de nuevo una presión en el cuello y, por un momento, mi ansiedad es sobrepasada por la necesidad de abrazarlo. Pero me detengo, me preocupa cómo se sentirá Eric sobre el contacto físico una vez que escuche lo que estoy por decirle.

Miro por la cocina y me doy cuenta de que faltan casi todas las cosas de Jenny: su vajilla de porcelana y los libros de cocina que solían cubrir la barra. Tal vez mandó por ellos cuando llegó a donde sea que iba, o quizá Carson los guardó. Tal vez destruyó lo que pudo y tiró el resto. Eso suena a él. La casa sigue limpia sin ella, pero se ve triste sin esos toques de Jenny. Nuestra casa rodante será un asco y los platos podrán quedarse en el lavabo durante días, pero al menos hay vida.

Eric se detiene antes de partir el pastel y me mira con repentina admiración.

—Un momento. ¿Tú hiciste eso?

Meto las manos a los bolsillos de mi sudadera, bajo la mirada a mis zapatos y asiento. Ahora me siento tonta por haber horneado y traído un pastel. Le diré que soy una chica pero ¡mira! ¡Un pastel! Qué estupidez. Soy patética. Me pregunto, no por primera vez, si quiero ser mujer porque soy un fracaso en todo. Quizá quiero crearme toda una nueva identidad y dejar este desastre de vida detrás. Cierro los ojos con fuerza. Esa explicación siempre ha sido demasiado fácil. Las explicaciones crueles siempre son demasiado fáciles, lo sé.

Eric descansa las manos sobre la barra y admira el pastel. El coco no se doró lo suficiente y el betún no es consistente, pero parece un pastel y huele como un pastel, y eso es lo que importa, supongo. Al ver a Eric inspeccionar mi creación, un rayo de orgullo me toca desde las nubes aunque sea solo por un momento antes de que mis nervios vuelvan a dominarme.

—¿Podemos comer arriba? —pregunto—. ¿Para platicar? Preferiría evitar a tu papá, si te parece bien.

—Sí. Claro. —Eric me mira con curiosidad, como queriendo saber ya de qué voy a hablarle; yo solo me encojo de hombros. Siento el latido de mi corazón en las orejas.

Nos parte unos pedazos generosos y parece que él aspira la mitad del suyo mientras subimos las escaleras. Una vez que llegamos a su cuarto, el peso del tiempo me cae encima. Me siento rodeada de fantasmas y recuerdos. Ahí estamos Eric y yo en un cesto de ropa sucia, gritando mientras bajamos las escaleras. Estamos también abajo, cerca de la puerta, atando las agujetas de nuestras botas con unos dedos pequeños, esperando sin aliento disfrutar de uno de los dos únicos días de nieve que tuvimos ese invierno. Estamos arriba, con proporciones extrañas, como todos los niños en sexto grado, tirados sobre los escalones, escuchando música aunque nos regañen por estar descalzos y no haber elegido un lugar mucho mejor.

Cierro los ojos y nos sentamos. Intento alejar todos esos fantasmas. Cuando abro los ojos, descubro a Eric mirándome directamente, preocupado. Dejo mi pastel, intacto, en el escritorio y cruzo las piernas.

«Dile».

Trago saliva con tanto ruido que siento que hace eco.

Se sienta al pie de la cama, con los bordes de su boca manchados de chocolate y lamiendo las migajas de su plato. Me río a pesar de todo.

—¿Qué? —pregunta.

—Tienes… —Empiezo a estirar una mano para limpiarle el chocolate, pero me detengo. Me recargo sobre las almohadas, el corazón me retumba, y señalo mi propia boca.

Él sonríe y se limpia la cara con el brazo.

—Okey. —Deja el plato sobre la cama, a su lado, y se pone serio—. ¿Qué pasa, Morgan?

—Antes de que te diga… —Mi voz tiembla muchísimo—. Solo… quería asegurarme… ¿Estás bien? Puedes contarme si la pelea con tu papá fue grave o si te sientes molesto o…

—Susan terminó conmigo —interrumpe. Su rostro lo traiciona mostrando un poco de tristeza, pero después se encoge de hombros.

—¿En serio? —pregunto, aunque no me sorprendo. Si yo fuera su novia y me ignorara tanto como él la ha ignorado, probablemente también terminaría con él—. ¿Qué pasó?

—¿Específicamente? Le mentí sobre no ir al entrenamiento. No la he considerado entre mis prioridades. La llama se apagó. Pero… no sé. Supongo que ella tenía un plan muy claro acerca del tipo de persona que los dos seríamos juntos y yo me salí del camino. —Se asoma algo de tristeza en su voz y hago un esfuerzo por escucharlo—. No era mi intención que eso pasara. Simplemente pasó. —Suspira y cruza las piernas—. Creo que no tenemos mucha opción sobre quién terminamos siendo, aunque queramos pensar que sí.

—Exacto —asiento, sorprendida por mi propia intensidad—. Sí, pienso lo mismo. —Trago saliva.

Lo que pasa es que, incluso después de todo este tiempo, sigo sin saber cómo poner esto en palabras. Lo he intentado de muchas formas, he ensayado esta conversación muchísimas veces. ¿Digo que nací en el cuerpo equivocado? ¿Soy una chica atrapada en el cuerpo de un chico? ¿Creo en eso de las almas o los cerebros femeninos y masculinos? Pero si digo «Soy una mujer», ¿no estaría ignorando mis circunstancias actuales, la forma en que la gente me ve en este momento? ¿La forma en la que siempre me han visto? Por otro lado, decir «Quiero ser mujer» suena a que estoy jugando. Me doy cuenta de que estoy mordiéndome el pulgar.

—¿Morgan?

—Soy transgénero —le suelto. Se me sale. Cierro la boca con fuerza y abro los ojos a tope al ver sus cejas juntarse y su boca abrirse.

Dios mío. Está sucediendo.

Siento un golpe de dolor en el brazo y me doy cuenta de que me saqué sangre mordiéndome el pulgar. El sonido distante de la podadora se detiene y la esquina de su póster de Coheed and Cambria vuela un poco por el aire del ventilador.

Eric no dice nada. Se queda sentado mirándome; se ve enojado o reflexivo o no sé porque mi cerebro no se calla ni por un segundo. Paso repetidamente las uñas sobre mi pantalón y me aclaro la garganta, incapaz de soportar un segundo más de este silencio.

—¿Sabes lo que eso significa?

—Yo… Eh… ¿Eso creo? —dice. Sus palabras salen lentamente—. Significa que naciste mujer, pero has vivido como hombre todo este tiem…

—¡No! —Me tallo la mejilla y miro alrededor en su cuarto, siento la piel cubierta de una capa de vulnerabilidad. Se siente como uno de esos sueños en los que estás desnuda en la escuela, pero peor, mil veces peor.

—Okey —murmura. Se obliga a sonreír. Tiene que obligarse—. Es que iba a decir que antes nos bañábamos juntos y mi memoria no es la mejor, pero creo que habría notado…

—En fin. —Bajo la mirada a mis rodillas y suelto otro suspiro. Es un error… simpático. Es un poco gracioso. O tonto. De cualquier forma, es suficiente para alejarme unos cuantos pasos del precipicio—. Es… lo opuesto.

«Okey, okey. Respira».

Todas las células en mi cuerpo me piden que cierre la boca y salga corriendo, pero aprieto los puños y hablo. Retroceder es imposible, solo puedo seguir adelante.

—Cuando nací, los doctores dijeron que era niño, por obvias razones, y desde entonces todos seguimos con esa idea. Pero eso no es del todo cierto. Yo he sabido esto, de una forma u otra, desde hace mucho. Y pronto, lo que siento por dentro combinará con mi exterior.

Ahí está. Relajo los puños y encorvo la espalda.

—Ah —balbucea Eric. Su rostro se suaviza y ahora es él quien desvía la mirada. Hay un momento de silencio. Le doy tiempo para procesar la información mientras observo que en mi interior se forma un hilo de curiosidad que teje un tapete al verlo quitarse los lentes—. Entonces… ¿vas a cambiarte de sexo?

—Supongo —digo lentamente, para no volver a entrar en pánico—. No puedo responder eso a menos que sepa qué es para ti un cambio de sexo.

—Ya *sabes*... —Sus mejillas se tornan rosas y hace un movimiento imitando unas tijeras con los dedos.

Trago saliva y me cubro la entrepierna con las manos, casi por instinto. Aunque fuera fanática de lo que tengo ahí abajo, la idea de que Eric piense en mi cuerpo de esa manera, *hable* de mi cuerpo de esa manera, me estremece. No tengo un problema médico y no soy un cúmulo de partes unidas, soy una persona.

—No lo sé. Es costoso. Y sabes, no hacen eso... —Imito su movimiento con los dedos y sus mejillas se acaloran aún más—. Es más complicado. Pero ni siquiera sé si eso es lo que me importa.

Se muerde un labio y se talla los nudillos. Por alguna razón su timidez me empodera. Él también está en territorio desconocido. Me acerco unos centímetros a él, acomodando su colcha entre nosotros.

—Escucha —me dice—, ¿me dirías si estoy cruzando una línea?

—Significa mucho para mí que primero preguntes eso —confieso y, ahora que ya dije lo importante, las palabras me salen con mayor facilidad. Me quito el fleco de los ojos y miro entre las cortinas, los pájaros están congregados sobre los cables de luz. Ahí sigue el roble que lleva más tiempo que nosotros aquí—. Honestamente, no sé dónde esté la línea. Pero sí. No te preocupes. Tú... entiendes lo difícil que es esto para mí, ¿verdad?

Asiente.

—Creo que llevo mucho tiempo esperando que me dijeras algo...

—Más de lo que crees. —Me permito respirar—. Si me preguntas algo que no quiero responder, te lo diré. Y como te decía, la cirugía es costosa y... no sé. Por ahora mi plan es comenzar el tratamiento de hormonas, quitarme el poco vello facial que tengo, cambiarme el nombre, ver cómo me siento.

—¿Qué harían las hormonas? —pregunta y ahora noto una curiosidad desnuda e inocente en sus ojos.

—Varía —explico. Siento el rostro acalorado y me doy cuenta de que estoy murmurando. Seguimos hablando de mi cuerpo. Me pregunto si ser trans significa tener que hablar de mi cuerpo por el resto de mi vida—. Según cada persona. Menos vello facial. Piel más suave. No se me caerá el pelo como a papá. Eh... no sé. La distribución de la grasa. Muslos... Senos. —Dejo que el cabello me cubra la cara y me tallo el brazo—. Probablemente me someta a cirugía plástica en el rostro antes de preocuparme por las cosas que la gente no ve.

Me alegra mucho no poder verlo. Solo puedo imaginarme la mirada de asco que debe de tener. ¿No? Yo misma me doy asco. Él debe de sentir lo mismo.

—Quiero ser bonita —admito, con una voz tan baja que apenas la escucho. Me aclaro la garganta y vuelvo a decirlo—. No tengo que ser bonita para ser mujer, pero me gustaría serlo.

—Pero si ya eres bonita —dice con seguridad, como si habláramos del clima.

—¿Qué? —Me quito el cabello de la cara y levanto la mirada. El cuarto se siente repentinamente hirviendo, se hace un silencio y se llena de algo que no puedo identificar. Eric se sienta al borde de su cama, sobre sus piernas, dobla y desdobla sus lentes al verme.

—Eres bonita —repite. Su boca forma una sonrisa—. Siempre has sido bonita. —Se masajea las sienes con los nudillos—. Creo que siempre lo supe, sin saberlo. —Se muerde el labio de nuevo y mira mis piernas—. Al menos eso creo. Más que en tu apariencia… Siempre hemos estado… No sé, suena tonto, pero quizá lo sentía incluso cuando no podía verlo. Como cuando te besé… Para mí eras una chica.

—No digas eso. —Siento que se me cierra la garganta y los ojos me arden.

—¿Por qué no? —Deja sus lentes a un lado y se inclina hacia adelante—. Estás llorando. Te hice llorar. Lo siento…

—No soy tonta, ¿okey? —repongo—. Sé cómo es el mundo con la gente como yo. Incluso si soy bonita, lo cual no soy, incluso si gano la lotería genética, ya sé cómo me tratarán.

—¿Cómo, Morgan? —pregunta Eric—. No te entiendo.

Bajo la mirada a la alfombra, con los ojos ardiendo, recordando una vida de juegos bruscos, de Legos, de mirar las estrellas de plástico en el techo, de hablar de cosas de niñitos como si fueran las cosas más importantes del mundo. Paso saliva.

—No sé si algún día alguien me ame por lo que soy. Quizá la vez que me besaste sea la última vez que alguien lo haga. Incluso esa vez no tenías tus lentes. Tú mismo lo dijiste. Así que agradezco lo que intentas hacer, pero no es necesario. Ya lo acepté.

Mis hombros se sacuden y mi boca se tuerce, pero no me permito llorar. Cierro los ojos y lo escucho moverse. «Está bien», me digo. «Es natural que quiera alejarse».

Algo me toca la barbilla y la levanta con delicadeza. Abro los ojos para encontrarme a Eric con sus lentes, una expresión cálida y abierta y el rastro de una sonrisa. Acerca mi rostro al suyo. Con el pulgar me limpia una lágrima en la mejilla. Siento cómo se separan mis labios. Siento que debería decir algo, pero entonces se acerca y su aliento está sobre mi barbilla y sobre mi cuerpo y, finalmente, sus labios tocan los míos.

Sabe a pastel de chocolate.

ERIC

Entrelazo mis dedos con los suyos, con delicadeza, pero también con firmeza.

La mano de *ella*, pienso, y nuestros labios bailan al encontrarse. Esta vez no se aleja. Ella no se aleja. Ahora que lo sé, no la imagino de otra forma. Deslizo la lengua entre sus labios, me sostengo sobre las rodillas y paso los dedos por su mandíbula y su cuello. Se estremece. Sus dedos se cierran sobre mi mano, como si estuviera ahogándose, y su boca suelta un ruido dentro de la mía. Mueve su rostro a un lado y desliza su mano libre hasta mi cuello. La siento suave y cálida. Sus labios temblorosos se acercan a mi oído.

—No tienes que hacer esto —susurra.

Le beso las sienes, los pómulos. Pongo mi mano debajo de su sudadera, en su abdomen plano y suave. Ella suspira de nuevo y yo sonrío.

—Sí tengo que.

Ella acerca mi rostro al suyo y me besa tres, cuatro, cinco veces.

—Por supuesto que tengo que —reafirmo.

Ella baja la mirada, deja que un rastro de tristeza se asome por sus ojos incluso cuando su piel vibra ante mi tacto.

—¿Qué pasa? —pregunto, preocupado de que quizá haya ido demasiado lejos—. ¿Quieres parar?

—Es difícil no sentirme como un chico —confiesa. Su voz se rompe. Agita la cabeza.

Y, es decir, no estoy ciego. Solo sé que nunca he sentido esto por nadie, que debajo de todas las cosas de su cuerpo que no le gustan, ella es una chica, vibrando con la misma frecuencia que cualquier otra. Y es más que cualquier chica, cualquier amiga, cualquier novia. Es Morgan. Mi Morgan.

—Pero… —comienza a decir. Sus ojos están fijos en los míos, me doy cuenta de que la primera canción que escriba será sobre ella. Morgan Gardner merece su propia canción—. Tengo el pecho plano. Los hombros anchos. Tengo un… ya sabes… ¿cómo es posible que…?

—Unas chicas son altas —interrumpo. Le beso la frente—. Unas chicas tienen hombros anchos. —Beso el puente de su nariz—. Unas chicas tienen pechos planos. —Beso su barbilla y suelto el aliento en su cuello—. Y supongo que, aunque no lo había pensado antes, pero si tú eres una chica, entonces algunas chicas tienen lo que tú tienes. —Beso su clavícula.

Su cabeza se hace hacia atrás y sus dedos me acarician el cabello. Le doy un beso tras otro en el cuello.

—No me toques el pecho —dice—. Ni *ahí*. ¿Okey?

—Okey.

Mi teléfono vibra. Lo ignoro y sigue vibrando, pero nada me puede distraer de este momento. Morgan pone su mano sobre mi pecho y me empuja hacia atrás hasta que estoy acostado con ella encima de mí. Toma mi rostro con ambas manos y me besa como nadie nunca me ha besado antes, como si fuéramos llaves hechas a la medida y, ahora, después de diecisiete años, por fin nos abrimos. Nos besamos hasta que dejo de sentir los labios. Su cabello interfiere y mis lentes chocan con su nariz. Considero quitármelos, pero quiero que sepa que la veo.

Merece que la vean.

—Eric —murmura. Acomoda su cuerpo frente al mío y me recorre con las manos, de los bíceps a la cintura. Sus dedos se sienten como puntos de luz. Pronuncia las palabras con la respiración entrecortada, entre besos, desesperada y rápida.

—¿Sí?

—Eric.

—Morgan.

Se levanta y me mira desde arriba, con sus ojos oscuros y brillantes, y el rostro enmarcado por su cabello.

—Eric —repite. Toma mi mano y me besa los nudillos, vuelve a cerrar los ojos—. No tienes que decir nada. No… No quiero presionarte ni nada. Porque esto es una locura, ¿no crees? —Su pulgar recorre las líneas de mi palma y respira, aún temblorosa—. Pero creo que…

—¡Maldita sea, Eric! Cuando no contestas el teléfono, tu mamá me molesta a mí. Llámale o…

La voz de papá nos invade cuando abre la puerta. Morgan grita y da un salto hacia atrás, arreglándose la ropa. Yo me siento erguido y jalo mi camiseta para cubrirme el estómago; la adrenalina hace que mi deseo desaparezca. Papá entra al cuarto, cegado momentáneamente por su ira, antes de detenerse y abrir bien los ojos.

Tal vez nos separamos a tiempo. Intento pasar saliva para no sentir la garganta tan seca y miro a Morgan con temor. Su cabello es un desastre. Tiene la ropa arrugada y mal colocada. Sus mejillas están rosadas, sus labios rojos y se está formando una marca en su cuello. Me mira con unos ojos inundados de pánico y siento cómo se me retuerce el estómago mientras busco cómo hacer que esto no suceda. Pero no se me ocurre nada.

—Papá —murmuro—, ¿ya no tocas la puerta?

—Fuera —dice él. Su voz retumba como una isla que nace en medio del océano—. Sal inmediatamente de mi casa.

—Carson —comienza Morgan. Levanta los brazos y lo mira. Conozco esa mirada por las muchas veces que he visto a los bravucones metiéndose en asuntos más grandes que ellos, de cuando ella iniciaba peleas en un intento por inmolarse. Me imagino que así se siente un soldado al ver llegar una granada sin tener tiempo de huir—. Escucha...

—Siempre supe que eras anormal —escupe—. Y ahora ya corrompiste a mi hijo. —Estira el brazo hacia el pasillo y señala—. ¡Fuera!

—No sabes nada de mí —dice ella con una voz llena de veneno—. Y puedes irte a la mierda. —Comienza a ponerse de pie, las manos convertidas en puños. Ahora papá no la dejará irse. Lo he visto pelear tantas veces con Peyton y mamá estos años que ya sé cómo actúa, pero soy demasiado lento.

Cruza la habitación, con todo y sus cien kilos, toma la sudadera de Morgan en su puño y arroja los cincuenta y cuatro kilos que la forman hacia la cama. Ella cae extendida sobre la cama, tiene los ojos llenos de furia, y me queda claro que está a punto de atacarlo.

Me muevo, tomo el hombro de papá para hacerlo girar y lo empujo hacia la pared. Me saca casi veinte kilos de ventaja, pero yo soy más joven, estoy en mejor forma y soy más rápido. Morgan se pone de pie detrás de mí en lo que papá comienza a asimilar las cosas.

—No… —empiezo. Iba a decir «No la toques», pero me detengo por reflejo. Se reirá de ella y, además, Morgan no quiere que la gente como él lo sepa. Ahogo el resto de la oración, aprieto los dientes y lo miro casi echar humo por la ira.

—Ah —murmura papá—, resulta que eres tú.

Lo suelto y doy un paso hacia atrás, me quedo casi sobre las puntas de los pies por si intenta hacer algo.

—Tres hijos —dice—. Es inevitable que uno salga mal.

—Vete a la mierda, papá.

El dorso de su mano me golpea en la cara más rápido de lo que anticipo. El dolor se me dispara en olas moradas a través de la mandíbula, y todo me da vueltas. Me caigo en la cama con su sombra encima de mí, tan oscura que parece tinta. Escucho a Morgan gritar y acercarse, pero saco un brazo y lo dejo sobre su estómago. Afortunadamente eso la detiene.

—Yo te di la vida —reclama papá—. Pagué esta casa. Pago tu comida. Te he dado todo lo que tienes. Yo te puedo tratar como yo quiera, niño. Debí tomar medidas drásticas desde hace años. —Voltea hacia Morgan, la saliva sale disparada de sus labios—. ¡Y tú! ¡Tú me quitaste a mi hijo, marica!

—¿Yo? —repite Morgan. Su voz se rompe—. ¿Qué? ¿Crees que eres el mejor padre del mundo?

Me pongo de pie, sigo entre los dos, y me tallo la mandíbula solo para descubrir que tengo lágrimas en la mejilla.

—Fuera de mi casa. No vuelvas. Y si me entero de que estás viendo a mi hijo, haré de tu vida y la de tu basura de padre un infierno.

—Vamos, Eric —dice Morgan. Me toca el hombro y me gira para que vea la súplica en sus ojos—. Vámonos.

Morgan me jala y la sigo unos cuantos pasos, pero entonces mis pies se entierran en la alfombra. ¿Debería irme? ¿Qué voy a hacer? ¿A dónde voy a ir?

—No me iré sin ti —advierte ella.

Aprieto su mano. Ella regresa el gesto.

—Está bien —acepto y doy un paso en su dirección.

—Un momento —ordena papá.

—Ya oíste —le espeto. Ella me jala al pasillo y yo volteo la mirada hacia él—. ¡Vete a la mierda!

—¡Regresa aquí ahora mismo! —grita papá. Intenta alcanzarnos, pero somos más rápidos que él. Bajamos las escaleras y salimos por la puerta tomados de las manos, invencibles, siempre y cuando estemos juntos. Me arrojo al interior de su auto mientras ella enciende el motor, salimos de ahí justo a tiempo para ver a papá salir por la puerta y explotar en el jardín.

Sé que pagaré por esto después. Pero en este momento, con el corazón zumbando en mis oídos, lo vale. Me asomo por la ventana, levanto mis dos dedos medios y, cuando salimos del vecindario, la risa de Morgan es la música más hermosa que he escuchado.

MORGAN

Me detengo en la gasolinera debajo de la colina y lo beso mientras el motor reposa. Ya no tengo miedo y no me da vergüenza. Mis dedos están entre sus rizos cuando lo acerco a mí y navegamos este pequeño espacio. No sabía que besar a alguien podría sentirse así.

Eric hace un sonido profundo y satisfecho, solo para interrumpirlo con un gesto de dolor. Me alejo para ver que un costado de su rostro comienza a inflamarse. Tomo su mano, beso su mandíbula y entro a la tienda por dos latas de Coca-Cola. Cuando regreso, el auto está en silencio, pero Eric sonríe al ver algo en su celular.

—Toma. —Le doy las latas de Coca-Cola al tiempo que retomamos nuestro camino—. Bebe una y sostén la otra sobre tu mandíbula. Luego te conseguimos hielo.

—No pasa nada —dice—. Gracias. —Toquetea una lata al ritmo de algo y se muerde el labio—. ¿Deberíamos… hablar? ¿De esto?

—Tengo miedo —confieso. Lo miro y, bajo los últimos rayos del sol poniente, se ve tan hermoso como siempre—. No sé, todo está pasando muy rápido.

—Creo que lleva años pasando —dice y me lanza una sonrisa solo para hacer una cara de dolor en cuanto la lata toca su piel.

—¿Qué hacemos ahora? —pregunto mientras tomo la calle Lafayette, solo ligeramente consciente de que estoy manejando automáticamente hacia el parque federal—. No puedes volver a casa, pero si te quedas con nosotros, tu papá...

—Te amo —Eric me interrumpe. Le lanzo otra mirada y él sonríe de oreja a oreja—. Te amo.

—Yo también te amo —susurro.

Nos metemos al estacionamiento y paso las manos por el volante, tocando los puntos suaves que las manos de mamá desgastaron y noto lo bien que mis propios dedos encajan en esas marcas. Los ruidos de la noche comienzan, las ranas, los grillos y algunas cigarras tardías. Acabo de decirle a Eric que lo amo.

Eric sale del auto y lo sigo.

—Quiero mostrarte algo —dice, mirándome por encima de su hombro. Nos adentramos en el parque. Poco tiempo después las luces del estacionamiento se disipan y nos quedamos con tan solo la luz de la luna. Atravesamos el prado donde solíamos observar las nubes y, eventualmente, se detiene frente a un viejo árbol de maple que se contonea con la brisa—. Aquí es.

—¿Un árbol? —Me paro a su lado y lo tomo de la mano sin pensarlo. Levanto la mirada y noto varias libélulas volando entre las ramas. Se siente muy familiar.

—Aquí es donde comencé a enamorarme de ti —dice él.

—¿Qué?

Se sienta en el pasto y me jala suavemente a su regazo. Nunca me he sentado sobre las piernas de un chico, no sé si alguna vez siquiera soñé con hacerlo. De repente me doy cuenta de que he perdido más músculo de lo que había pensado, o quizá él se ha hecho más grande este último año. Me siento diminuta al doblar las piernas a un lado. Él me rodea con sus brazos. Descanso una mejilla en su cabello y cierro los ojos. Con su mano me acaricia hacia arriba y hacia abajo.

—Teníamos doce años —me dice con una voz tan dulce como el viento que pasa sobre el pasto—. ¿O tal vez once? No lo recuerdo muy bien. Fue hace mucho. Pero recuerdo que estabas trepando ese árbol. Yo estaba aquí abajo, preocupado de que hubieras subido demasiado. Estabas tan arriba que apenas podía verte. Te caíste y, por un minuto, creí que habías muerto. Y si tú estabas muerta, yo también quería estarlo.

—Siempre tan dramático —susurro sobre su oreja. El viento se mezcla con mi voz y, en el regazo de este chico, el regazo de mi chico, me siento completa.

—Fue una caída muy alta. —Se ríe a pesar de todo. Sus dedos se hunden en mi costado y yo arqueo la espalda, soltando un gritito agudo; él solo me acerca más a sí antes de que se me ocurra escapar—. Me acerqué para ver si estabas respirando. Abriste los ojos y… no lo sé. La luz los capturó de una manera perfecta. Tu cabello estaba creciendo y se había distribuido a tu alrededor. —Me besa la clavícula, después el cuello, el punto donde se unen mi oído y mi mandíbula. Levanto la vista hacia la luna, mi estómago es un nudo con muchas emociones—. Eras hermosa. Te amé desde entonces. No lo sabía, y no sabía que estaba esperando que me dijeras quién eras, pero ambas cosas son ciertas.

Beso su frente. Él me besa la sien. Nos quedamos así sobre el pasto, besándonos con suavidad, yo evitando los lugares donde su padre lo golpeó, él tocándome con cuidado de explorar el campo minado que es mi cuerpo y el peso de los años. Las montañas cantan a nuestro alrededor. Quién sabe cuánto tiempo nos quedamos ahí. Eventualmente, mi cabeza termina sobre su hombro y estoy hecha ovillo a su lado, con los ojos cerrados, lista para dormir sobre el pasto. Quisiera poder hacerlo, quisiera que pudiéramos hacerlo, pero hay un pensamiento que no me deja.

—¿Eric?

—¿Sí?

—¿Qué vamos a hacer?

—Ni idea —admite. Pero la realidad se queda inmóvil entre nosotros: su padre, lo que ambos estamos arriesgando—. ¿Qué es lo peor que puede pasar?

Se me ocurren muchas cosas, pero no las digo.

—Estaremos juntos para siempre —promete—. Pase lo que pase.

—Está bien, Eric —asiento. Me acerco más a él y respiro hondo.

Hay una pausa larga antes de que él empiece a hablar de nuevo, con una voz dulce, como si me contara un cuento de hadas.

—Tenemos treinta años —dice—. Tenemos un departamento en Los Ángeles, tal vez un dúplex. Tres habitaciones para cuando tu padre se retire y se mude con nosotros. La otra habitación, no sé, tal vez tenemos una oficina ahí, o quizá tenemos una cama en forma de auto de carreras.

Me aguanto la risa y lo dejo seguir en su fantasía, así como yo lo he hecho muchas veces en las mías.

—Estoy en una banda, tal vez soy músico de sesión por mi cuenta. Tú trabajas desde casa, editas videos arcanos y demás cosas que nunca entenderé. Tenemos muchos libros. Quizá hasta un perro.

—Un pointer —digo tímidamente—. Quiero un pointer.

—Tenemos un pointer —apunta, estirándose y asintiendo con lentitud—. Se llama Elvis. Y estamos casados.

—¿Qué?

—Solo estoy jugando —aclara Eric—. Lo siento. Me apresuré.

—No —murmuro—. No, no. Está bien.

—Es algo en qué pensar.

—Ajá —balbuceo. Y sí que pienso en eso mientras me quedo dormida.

Luego de un rato, Eric me despierta y regresamos al auto juntos, tomados del brazo. Nuestro cumpleaños acabó desde hace horas.

DIECIOCHO

MORGAN

Mi nuevo iPhone suena con la alarma que programé para las notificaciones de mi mail de trabajo. Sostengo un vestido cerca de mi cara y gruño. Jasmine levanta la mirada después de buscar en mi clóset, todo forma parte de su deber como coordinadora de atuendo cumpleañero (un puesto que ella se adjudicó) y pone los ojos en blanco.

—No lo veas —advierte.

—No lo haré —le aseguro. Asiento y dejo los que yo creo que son los mejores cinco vestidos negros en la maleta abierta sobre mi cama y me quedo ahí, sacudiendo las manos y mirando el rectángulo negro que descansa sobre mi buró—. Pero debería.

—Que no —replica Jasmine. Me arroja un par de sandalias que creí que no necesitaría hasta primavera, pero, considerando que voy a Miami, tiene sentido. Voy a sorprender a Eric en su cumpleaños dieciocho, nuestro cumpleaños dieciocho, yendo a Florida.

Después de la pelea que tuvo con Carson, ambos sabíamos que Eric no podía quedarse en Thebes. Su mamá, Peyton y Chelsea rentaron una casa juntos en Miami con un cuarto extra para él. Entonces, durante las vacaciones de Navidad, Jenny vino a nuestra casa rodante en su camioneta para recoger a Eric. En lugar de ser incómodo, como había temido, Jenny dijo que estaba muy feliz por mí y que me parecía tanto a mi mamá que le dolía el corazón. Eric se fue con solo una maleta y su guitarra. Verlo subirse a la camioneta y desaparecer por la carretera ha sido una de las cosas más difíciles que he hecho.

Desde entonces, hemos tenido llamadas telefónicas, videollamadas por Skype que duran hasta la madrugada, e incluso nos hemos mandado paquetes con todo tipo de cosas, desde pasteles hasta camisetas, para que no olvidemos a qué huele el otro.

A veces me gusta bailar por toda la casa cuando estoy sola, vistiendo la enorme camiseta de Joy Division de Eric, mientras suena una de sus listas de música por todo el remolque. Estar lejos de él por tanto tiempo ha sido una agonía, como si una de mis extremidades se hubiera entumido y no reaccionara, pero intento concentrarme en lo emocionante que será nuestro encuentro gracias a esta distancia.

Papá y yo decidimos juntos este verano, después de discutir incómodamente sobre el daño que estos dos últimos años le habían hecho a mis calificaciones y sobre nuestra postura económica, que ir directamente a una universidad cara y fuera del estado no era la mejor opción. Lo mejor sería tomar las clases básicas aquí en lo que se me ocurría cómo seguir, lo que probablemente se traducía en solicitar admisión en alguna escuela de cine en Los Ángeles y vivir fuera del campus con los amigos que he hecho en línea. No sé si la universidad me deje vivir en los dormitorios de chicas y el estado de Tennessee no me deja cambiar el género en mi acta de nacimiento. Ni siquiera puedo cambiar el género en mi licencia sin antes hacerme una cirugía que aún no sé si quiero.

La Universidad Comunitaria Estatal de Roane ofrece clases en línea de todo lo que necesito y el horario tan flexible me permite trabajar en edición de videos y en mi videoblog. Lo del blog lo empecé como un diario personal para grabar mis primeros días y años viviendo completamente como chica, ahora como mujer, supongo, pero entonces alguien encontró los primeros videoblogs que subí, les dio *like*, los compartió y ahora tengo cinco mil suscriptores y como un millón de visitas cada vez que subo un video nuevo los domingos. ¿Quién hubiera pensado que la gente estaba tan sedienta por saber sobre la vida de una chica trans de En Medio de la Nada, Tennessee?

Entre las ganancias de mi videoblog y el trabajo editando videos, estoy ganando algo de dinero, lo suficiente para pagarme las hormonas, la ropa y este viaje, y estoy orgullosa de eso. Lo que pasa es que, es más que solo el trabajo, es más que solo dinero, lo que me tienta a revisar mi celular. Cada cierto tiempo recibo un mensaje de un chico o una chica trans de mi edad, o incluso más joven. A veces intentan ocultar la desesperación y el miedo que sienten, a veces se abren diciendo que no imaginan sus vidas de otra forma. Algunos viven tan cerca, como en Georgia; otros, tan lejos como en Argentina o Corea. Sin embargo, por lo general viven en pueblos pequeños como Thebes. No tienen padres como el mío, que aún se incomoda a veces, pero está feliz de que yo siga con vida; no tienen amigas como Jasmine y no tienen nada remotamente cercano a lo que tengo con Eric.

—¿Lista? —pregunta papá al salir de su habitación. Asiento, le doy un abrazo de despedida a Jasmine y nos subimos al auto en silencio, mientras unos trazos de neblina se deslizan desde las montañas. Siento cómo se me enfrían los brazos y las piernas hasta que unos cuantos rayos de sol logran alcanzarme. Jasmine se despide con la mano desde su auto mientras nos alejamos del remolque.

Vamos en silencio hasta que salimos de Thebes y me da gusto porque hay demasiadas cosas sucediéndome. Cuando tomamos la carretera hacia el oeste con dirección a Nashville, pienso: «Algún día regresaré aquí y no iré a casa».

Me tranquiliza pensarlo. Por más que odie Thebes la idea de dejarlo para siempre me hace sentir como en la cima de una montaña rusa. Porque, si este lugar no es mi hogar, ¿cuál sí lo es? Lo más que me he alejado de Thebes es a unos cuantos kilómetros dentro de Kentucky y Georgia. Pero entonces recuerdo que Eric es mi hogar. Para siempre, porque lo prometió. Ambos lo prometimos.

Pero… ¿y si me presento en su puerta y algo ya cambió? Me veo en el espejo del parasol del copiloto y siento una presión en el estómago. Mi cara se ha redondeado un poco, mi piel se ve más suave. Usé un poco del dinero que he ganado en YouTube para depilarme con láser, y he estado usando unos tutoriales de voz que encontré en línea, pero aún estoy en una etapa muy temprana. Eric dice que soy hermosa, pero él solo me ha visto en fotos cuidadosamente tomadas, en videollamadas pixeladas o en videos donde todo está iluminado, con filtros y editado.

—Traes tu licencia de conducir, ¿verdad? —pregunta papá por séptima vez en las últimas veinticuatro horas.

—Sí, papá.

—¿Y los papeles de tu cambio de nombre por si te los piden?

—Sí. —Me cuesta pensar por qué habrían de pedírmelos si solo cambié mi segundo nombre.

—¿Imprimiste el pase de abordar? —añade.

—*Sí*, papá —repito. Pongo los ojos en blanco y le muestro el papel doblado en mi bolsa.

—Okey —dice—. Está bien. Está bien. Me callo.

—No tienes que callarte —aclaro suavemente, mientras subimos cada vez más la meseta de Cumberland y tenemos muros de montaña por el lado izquierdo que bloquean parcialmente el sol—. No dije que te callaras.

—Más te vale —advierte con una sonrisa débil.

—Pero ¿podrías dejar de tratarme como bebé? ¿Por favor? Ya tengo dieciocho.

—Sigues siendo adolescente —susurra.

—*¡Papá!*

—¡Está bien! —exclama. Levanta ambas manos el tiempo suficiente para indicarme que se ha rendido y después las regresa al volante—. Eres toda una adulta y no te queda nada más que aprender. Vas bien, campeón. —Intento ocultar lo tensa que me pone que me diga así, pero o lo oculto muy mal o papá ya aprendió a detectar cuánto odio el término. Hace un gesto de dolor y se talla la frente—. Perdón. Perdón…

—No pasa nada —lo tranquilizo. Pongo una de las listas de canciones de Eric y cambio mi atención al valle debajo de nosotros mientras John Denver canturrea, muy apropiadamente, sobre las carreteras en el campo. Sé que papá está haciendo su mejor esfuerzo. Y sé que tengo muchísima suerte, sobre todo ahora que conozco las historias de otros niños y niñas trans. Y sé que papá se preocupa por mí, pero ahora las cosas son diferentes. Antes, cuando otros lograban molestarme, en realidad era porque me odiaba a mí misma.

Ahora, cuando alguien me grita algo cruel desde un auto o trata mi cuerpo como un inconveniente o un espectáculo, en realidad no me enojo conmigo. Me enojo con *ellos*. Puedo lanzar una bebida a un auto lleno de acosadores. Puedo discutir junto con otra gente trans en foros sobre lo difícil que es viajar en avión. Ahora que tengo dieciocho, puedo votar en contra de políticos que quieran pasar leyes injustas. Es una ira productiva.

Papá baja el volumen de la música cuando llegamos a una cima y comenzamos a bajar el camino montañoso.

—¿Morgan?

—¿Sí, papá? —Pongo los ojos en blanco por instinto pero inmediatamente me siento culpable.

—Necesito que sepas que te amo —dice él.

—Yo a ti —respondo.

Toma mi mano, coloca ambas sobre la palanca de velocidades y me da un apretón cariñoso.

—Pero me reservo el derecho de ser molesto.

Echo la cabeza hacia atrás con un quejido, pero sonrío ampliamente.

—Gracias, papá. Lo recordaré.

Antes de darme cuenta, llegamos al Aeropuerto Internacional de Nashville. Cuando bajamos mi maleta, no puedo evitar notar la rigidez de los hombros de papá. Y ahí estamos, padre e hija, frente a frente, en una banda de concreto, con los aviones sobrevolándonos y el viento alborotando nuestras cabelleras mientras él parpadea rápidamente.

—Oye —murmuro y lo animo con una sonrisa—. Sí sabes que regreso, ¿verdad? Esto es solo por unos días. Luego, cuando sí me mude, igual voy a regresar a visitarte seguido.

Asiente y me jala para darme un abrazo del que ninguno de los dos se desprende por un rato. Cuando finalmente nos separamos, busca algo en su bolsillo y saca un sobre con la letra de mamá.

—Es la última. Me pareció buena idea que te acompañara en el avión.

—Gracias —digo—. Por guardarlas todas. —Pongo la carta en el bolsillo de mi abrigo, cerca de mi corazón.

—Estaría muy orgullosa de ti.

Asiento y ahora me toca a mí resistir las lágrimas. Nos abrazamos una vez más y papá regresa a su auto sin quitarme la mirada de encima. Suspiro, después doy un paso y atravieso las puertas automáticas. Me hago una con la multitud.

ERIC

Sopla una brisa desde el océano. Escucho débilmente el ladrido de los perros y estéreos de autos que se encienden. Mamá canta desde la cocina y yo afino mi guitarra. Me recargo en el sillón de Chelsea y Peyton, *nuestro* sillón, supongo, que alguna vez olió a cigarros y cerveza derramada, pero que ahora es más cómodo que el que teníamos en nuestra vieja casa. Fue raro ver lo desordenado que estaba este lugar, pero lo sorprendente era que mamá no parecía tener inconveniente con eso.

—Nunca me importaron esas cosas —confesó ella cuando le pregunté. Estábamos en el porche, yo practicando con la guitarra en una hamaca mientras ella sonreía y saludaba a los vecinos—. Todo eso de las apariencias. Crecí entre gritos y descalza en Pikeville. A tu papá le importaban las apariencias, y yo solo intenté ser útil.

Se apoyó sobre la espalda para quedar directamente debajo del sol y se estiró como un gato. Me impresionó mucho que, con el paso de los días, parecía rejuvenecer.

—En mi opinión, no importa tanto el lugar en el que estás sino quién eres y con quién estás. —Me sonrió e, incluso tantos meses después, me parecía extraordinario verla sonreír tanto—. Mis hijos están felices y sanos. Tenemos comida suficiente. Las novias de mis hijos me caen bien. Mi trabajo es tolerable. Nuestro aire acondicionado funciona a veces. ¿Qué más podría pedir?

—¿De verdad te cae bien Morgan? —pregunté.

—¡Por supuesto! —Suspiró y cruzó los brazos a la altura del pecho—. Siempre he querido mucho a Morgan. Nada podría cambiar eso.

Mamá me ha dejado claro estos últimos días que no quiere que salga a ningún lado esta noche. Me pareció innecesario aclararlo porque es día de escuela y, por primera vez en mucho tiempo, me importan mis clases. Tal vez nunca me di cuenta de cuánto me dejaban pasar mis maestros por estar en el equipo de futbol. Tal vez es por saber que dependo exclusivamente de mi esfuerzo ahora que me gradué de la preparatoria y que ya no tengo el dinero de papá. Tal vez al ver la difícil situación que viven algunos alumnos de la Universidad de Miami Dade respeto aún más todos mis privilegios.

Sea lo que sea, entre tocar la guitarra, hacer la tarea y hablar con Morgan, mis tardes siempre están prácticamente llenas. La extraño y me parece raro que no estemos juntos en nuestro cumpleaños, pero me he convencido de que solo será un año.

—Toma —dice Peyton. Me desprendo de mis pensamientos y lo encuentro de pie frente a mí con una identificación de Florida entre sus dedos. La arroja en mi dirección y apenas la atrapo antes de que atraviese las cuerdas de mi guitarra hacia su interior. La investigo cuidadosamente y veo que tiene mi foto, mi nombre, todos los detalles normales, excepto que la fecha de nacimiento me hace tres años mayor. Me guardo la identificación en el bolsillo antes de que mamá salga de la cocina y la vea.

Peyton sonríe.

—Feliz cumpleaños, buena suerte en Churchill's. Si te descubren, no te conozco.

—Entendido. Gracias. —La canción que estoy escribiendo está casi lista y la tocaré en un micrófono abierto de uno de los bares más geniales en Miami. Me invade la emoción.

—No hay problema. —Peyton olfatea el aire y se asoma a la cocina—. ¡Eso huele increíble! ¿Cuánto falta para que esté listo?

Mamá sale de la cocina, limpiándose el sudor de las sienes con una sonrisa, y no puedo evitar notar que guarda el teléfono en su bolsillo trasero. ¿Estaba mandándose mensajes con alguien?

—Ya casi. Peyton, ¿puedes ir a la tienda por refresco? —Él toma las llaves de su auto con los dedos y sale. Ella se recarga contra el sillón, su sonrisa se hace más amplia y tiene un brillo travieso en los ojos—. ¡Dieciocho! ¡Qué tal!

—Sip —digo.

—¿Cómo te sientes?

—No sé —admito. Dejo caer las manos en el regazo y hago la cabeza hacia atrás—. No fumo, no es año electoral y tengo escuela mañana, así que en realidad no siento nada especial.

—¿No estás triste porque no te organizamos una fiesta? —pregunta mamá y, aunque podría pensar que suena arrepentida, las esquinas de su boca se mueven y sigue con ese aire juguetón. Obviamente, está planeando algo o ha estado planeando algo por un tiempo, pero no puedo descifrar lo que es.

—Estoy contento de estar aquí —afirmo. La abrazo y le beso la mejilla. Luego tomo mi guitarra, salgo y me acuesto en la hamaca. No se ven las estrellas en esta ciudad, pero miro hacia la mancha azul donde deberían estar, arriba de mí, y me imagino las vidas y las conexiones de cada una. Y, de repente, toco unas últimas notas.

MORGAN

La mujer que está en el túnel antes de entrar al avión sonríe y me dice:

—Que tenga un lindo vuelo, señorita. —Me hace sentir bien. La señora mayor que se sienta a mi lado, en el asiento del pasillo, también me sonríe. Me da unos golpecitos en el hombro, me llama «querida» y me cuenta que este también es su primer vuelo. Nunca pensó que volaría, pero acaba de convertirse en bisabuela ayer y no iba a perder la oportunidad de cargar a esa bebé.

Intento concentrarme en ella, pero el avión ya está en posición, los motores encendidos para el despegue, y no puedo evitar mirar por la ventana. Siempre me han gustado las montañas rusas, así que pensé que estaría bien en el avión, pero de repente siento que me sale el estómago por la boca.

—Así es, señora: una linda y pequeña bisnieta —cuenta, con un aura de orgullo. Parpadeo y por un momento olvido dónde estoy. Ya me llamaron «señorita», «jovencita», «querida», y otras palabras para mujer en las que no me gusta pensar, aunque ningún «señora», hasta ahora. Un día, me doy cuenta, todas estas cosas en torno a mi género se sentirán normales, y no puedo esperar a llegar a ese punto.

Meto la mano al bolsillo y toco el borde de la carta como un talismán mientras el avión comienza a despegar. Saco el sobre y lo abro lentamente, en parte porque me tiemblan las manos y en parte porque esta, la última carta de mamá, me parece algo que vale la pena saborear. Al final, termina la anticipación y no me queda más que dar el último paso.

Morgan:

Feliz cumpleaños número dieciocho, mi amor.

He sido un poco egoísta al dejarte estas pequeñas bombas de tiempo. Lo que pasa es que, la parte que más me asusta de morir no es lo que me pasará cuando me vaya (no sé en qué creo, pero sé que el universo es fundamentalmente bueno debajo de toda esa violencia y malentendidos, y tiene que haber más que solo carne y hueso). No.

Lo que me mantiene despierta en las noches y lo que me ha motivado a dejarte estos recordatorios anuales es el simple miedo de ser olvidada. Imagina esas noches, que para ahora me imagino que ya has tenido, en las que tus amigos salen sin ti o te ocultan algo importante de sus vidas. Ahora multiplica ese sentimiento tanto como quieras. Duele la idea de que la vida puede continuar sin ti, que todos esos misterios privados seguirán creciendo como jardines tras un muro de hierro, sobre todo cuando las vidas en cuestión pertenecen a las personas que más te importan. No que alguna vez tu padre o tú vayan a olvidarme. ¡Claro que no! De eso no tengo duda. Pero… no lo sé. Me faltan las palabras. Debes recordar lo raro que es eso para mí.

Y ya no habrá regalos ni sorpresas. Hace mucho que dejaste de ser ese niño que conozco para seguir adivinando lo que puede gustarte. Lo único que tengo es esto, mis últimas palabras para ti:

Donde sea que esté, lo que sea que esté haciendo, estaré pensando en ti. Siempre. Sin importar qué semillas plantes, tendré la mirada sobre ellas. Sin importar los planes que tengas, estaré animándote. Te asesoraré siempre, seas la persona que seas, sin importar cuán diferente seas de lo que imagino. Sin importar lo solo que te hayas sentido, yo estuve ahí y sin importar cuán oscuras se pongan las cosas cuando envejezcas, también estaré ahí. Eres mi persona favorita en el mundo y de lo que estoy más orgullosa.

Te amo para siempre,
Mamá

Sostengo la carta contra mi pecho y me recargo en la ventana. Debajo de nosotros, Nashville desaparece hasta que lo único que puedo ver son los suburbios y después las montañas verdes. Entonces estamos en las nubes y me pregunto si estará viéndome en este momento, si realmente el cielo es un reino invisible, el cliché.

Pongo una mano en la ventana e imagino la mano de mamá presionando del otro lado, ella en una bata blanca con alas y una aureola, mostrándome los pulgares en un acto cursi, deseándome suerte y susurrándome su aprobación por Eric. Es un pensamiento tonto, pero me hace sentir feliz.

Es más probable y menos complicado pensar que simplemente desapareció, que esta carta es la única parte de ella que alguna vez veré o tocaré, y que la única vida después de la muerte que ella o cualquier otra persona tendrá consiste en las marcas que dejan en la vida de la gente a su alrededor. El cielo está en el corazón de los que viven y el amor se propaga como raíces en un bosque antiguo.

El suelo finalmente desaparece por completo detrás de las nubes. Cierro los ojos y cuento las horas que faltan para ver al chico que amo, el chico que me espera en el paraíso.

ERIC

Dejo de tocar la guitarra un momento para escribir la letra y las notas en mi libreta de bolsillo. Estoy tan inmerso en asegurarme de escribir bien todo, que apenas me doy cuenta del sonido de un freno justo en la orilla del jardín.

Es un vecindario grande, siempre hay gente mudándose, así que, al menos una vez a la semana, llega una persona a investigar si aún vive aquí su viejo amigo o familiar. Me balanceo con la brisa y escribo con la lengua asomándose por un extremo de mi boca.

Entonces me golpea una voz familiar. Me siento tan rápido que la hamaca se tambalea y termino sobre el suelo del porche. Apenas logro salvar la guitarra.

—Acá —indica y estoy seguro de que es su voz. Pero ¿cómo? Ha cambiado mucho de como era antes, y solo la he escuchado por teléfono y computadora.

Me pongo de pie y logro ver un taxi en la orilla de la entrada. Dos siluetas buscan algo en el maletero. Sacan una maleta y una mochila. La figura más pequeña las toma. Intento recordar cómo respirar.

—Okey, sí. Yo puedo. Gracias otra vez.

Se queja por el esfuerzo al cargar la maleta y, en unos cuantos pasos, está bajo la luz de nuestra entrada. Es la chica del taxi.

Es ella. Está aquí.

Sin satélites que la conviertan en pixeles, está aquí bajo esta luz, con el cabello oscuro sobre sus hombros, sus ojos como lagos que brillan en la noche. Viste una blusa de *Las novias de Drácula* y unos shorts de mezclilla. Se ha transformado completamente, mediante un millón de sutilezas, y, sin embargo, sigue siendo ella, más ella que nunca.

Levanta la mirada. Sonríe.

—Hola —saluda con esa voz. Su novedad se mezcla con la familiaridad y es como si Romeo se enamorara de Julieta y, al mismo tiempo, como si Odiseo finalmente escuchara la voz de su esposa después de tantos años y kilómetros de distancia. En un segundo, estoy saltando la barandilla del porche hacia ella, me caigo, pero después empiezo a correr, sin pizca de la gracia ni la habilidad que me enseñó el futbol.

Deja sus maletas a tiempo para que la tome en mis brazos y, por un momento, la sostengo con tanta fuerza que no puede ni abrazarme de vuelta.

—Espera. No puedo respirar.

La suelto y se ríe. Tomo su barbilla en mis manos y levanto su rostro hacia el mío. Pienso preguntarle qué hace aquí y cómo logró guardar el secreto, pero entonces se para de puntitas y solo se me ocurre besarla.

Salta y me rodea la cintura con sus piernas, pone los brazos alrededor de mi cuello y yo cargo en el aire a la chica que amo. Absorbo su olor en el aire húmedo y paso las manos por toda su espalda. Esto podría durar para siempre y moriría contento, pero eventualmente ella hace la cabeza hacia atrás, su cabello se une con la noche al tiempo que una ligera brisa del océano lo agita. La bajo y ella se recarga contra mí, mirándome a través de sus pestañas. Pone los dedos sobre mi pecho y ambos recuperamos el aliento.

—Sorpresa. —Morgan se quita el fleco de los ojos y ríe—. Feliz cumpleaños, Eric.

—Feliz cumpleaños, Morgan.

MORGAN

Él canta sobre la nieve de Tennessee y sobre una chica atrapada en una jaula hecha de fuego. Me acurruco contra su espalda y lo observo. Las cobijas son un desastre. La sábana que va sobre el colchón está suelta y hecha bola. Las vibraciones de su voz hacen eco desde su espalda hasta mi estómago. Eric dijo que mañana en la noche puedo ir a verlo tocar sus canciones en el escenario de uno de los mejores bares de la ciudad. El solo pensar en verlo tocar para una multitud se siente tan salido de uno de mis sueños, que se me va el aliento.

Él canta sobre montañas de veneno y caminos que, como cintas para máquina de escribir, esperan ser enrollados; sobre besos en la calle y corazones que se rompen en la clandestinidad. Cierro los ojos y dejo volar mi imaginación. Su voz me levanta y sus letras se mezclan.

Pero entonces canta sobre una chica de ojos oscuros, llena de secretos, y un chico con cabeza hueca que cae del cielo, y de cómo esa chica llenó de fuego sus propios y fríos vacíos para que el chico pudiera verla. La idea de ser una de estas floridas metáforas me hace querer cubrirme la cara

con una almohada. Pero si así es como me ve, definitivamente no tengo ninguna prisa por contradecirlo. Su voz
suena seria y clara, y casi puedo creer esta versión de mí.

La canción se termina. Él deja a un lado su guitarra y
pone una expresión nerviosa. Descanso la cabeza en su
regazo, sonrío y le digo que esa canción fue tan hermosa como él. Nos besamos y nos besamos y nos besamos.
Nuestro futuro es una espiral frente a nosotros.

AGRADECIMIENTOS

Todo el mundo te advierte sobre tu segundo libro y resulta que todo es cierto. La novela que acabas de leer no habría llegado a este mundo sin una red de apoyo profesional y emocional por la que estoy eternamente agradecida. Sin un orden en particular, aquí está la gente a la que debo agradecer.

Joelle Hobeika, tú me abriste la puerta a este loco trabajo y nunca olvidaré la conversación que tuvimos cuando yo estaba en segundo año de universidad. Sara Shandler, Josh Bank, Les Morgenstein, Hayley Wagreich y todos los de Alloy han sido unos santos tolerando mis malos hábitos con las fechas de entrega; sin sus palabras tranquilizantes me habría dado por vencida antes de llegar a un libro del que realmente valiera la pena enorgullecerse. Gracias a Sarah Barley, Amy Einhorn, Marlena Bittner y todos los de Flatiron por creer en este proyecto y por toda su paciencia y apoyo. Gracias también a Dana Levinson por prestarnos su hermosa voz y al increíble talento y trabajo duro de todos en Macmillan Audio. Y gracias a todos los anteriores por estar dispuestos a soportarme con unas copas o con llamadas telefónicas demasiado largas. Los considero amigos además de editores y espero que el sentimiento sea mutuo.

La escritura es un trabajo solitario y escribir cuando se tiene una enfermedad mental lo es aún más. Las siguientes personas seguido se esforzaron por sacarme de la casa estos últimos dos años. Anthony, Sierra, Amanda y Luna: no sé dónde estaría sin nuestro ritual de sábados por la noche. Hubo semanas en las que cocinar, jugar D&D y ver una película era todo lo que quería. La tradición quizá haya terminado, pero aún atesoro todo el tiempo que cada uno decidió pasar conmigo. Kayla y Claudio: la primera por ser una de mis más feroces portavoces y el otro por ser tan gentil y decente que fue la primera persona de Chattanooga con quien salí del clóset en la vida real.

Gracias en especial a Kyle y Anthena. Ambos viven demasiado lejos para intentar sacarme de mi casa, pero sus consejos sobre escritura y su amistad significaron tanto para mí que no sé ni cómo decírselos. Conforme los tres envejecemos y más gente trans emerge, me tranquiliza saber que siempre los tendré a ustedes mientras tomamos nuestros lugares como los tíos y tías trans (y eventualmente abuelas y abuelos, ¡ugh!) que nosotros nunca tuvimos.

Finalmente, gracias a mis padres, Karol y Toby, y a mi hermana Katie, por su amor y apoyo incondicional. Creo que no hubiera sobrevivido lo suficiente para ver la publicación de este libro de no haber sido por ustedes. Son mejor familia de lo que la mayoría de la gente trans se atrevería a pedir y no quiero que piensen que no sé lo afortunada que soy.

RECURSOS

Existen diversas organizaciones, redes y comunidades que pueden acompañarte, apoyarte y orientarte en caso de que lo necesites. Puede que no te resulte fácil, pero, por favor, no temas pedir ayuda, el camino siempre es mejor acompañado.

Red de juventudes trans

Una comunidad que teje colectivamente redes afectivas, de reflexión y defensa de los derechos humanos frente a las violencias, estigmas y discriminación.

Ⓦ juventudestrans.org

Ⓕ /redjuventudestransmx

It Gets Better México

Una organización que tiene la misión de elevar, empoderar y conectar a jóvenes lesbianas, gays, bisexuales, trans y queer alrededor del mundo.

Ⓦ itgetsbetter.org/mexico

Ⓘ itgetsbettermx

Ⓕ /ItGetsBetterMx

YAAJ México

Una asociación civil dedicada a proteger los derechos de las personas LGBTTTI, construir una sociedad más incluyente, así como acompañar a las personas en su proceso de desarrollo humano. Tiene un programa dirigido a jóvenes.

Ⓦ yaajmexico.org

Ⓞ yaajmexico

Ⓕ /yaajmexico

Colmena 41

Una red que busca conectar e inspirar a la comunidad LGBT+ y aliados a través de eventos, proyectos de investigación y colaboraciones.

Ⓦ colmena41.com

Ⓞ colmena_41

Ⓕ /colmena41

All Out

Un movimiento global que lucha por un mundo en el que nadie tenga que sacrificar familia, libertad, seguridad ni dignidad por ser quien es o amar a quien ama.

Ⓦ allout.org/es

Ⓞ weareallout

Ⓕ /AllOutOrg